角度与选择

种子 著

中国出版集团有限公司

研究出版社

图书在版编目（CIP）数据

角度与选择 / 种子著. -- 北京 : 研究出版社,
2023.4
ISBN 978-7-5199-1477-6

Ⅰ. ①角… Ⅱ. ①种… Ⅲ. ①短篇小说－小说集－中
国－当代 Ⅳ. ①I247.7

中国国家版本馆CIP数据核字(2023)第073930号

出 品 人: 赵卜慧
出版统筹: 丁　波
责任编辑: 安玉霞

角度与选择
JIAO DU YU XUAN ZE

种子　著

研究出版社 出版发行

（100006 北京市东城区灯市口大街 100 号华腾商务楼）
成都荆竹园印刷厂 新华书店经销
2023 年 5 月第 1 版　2023 年 5 月第 1 次印刷
开本：880 毫米×1230 毫米　1/32　印张：7.25
字数：161 千字
ISBN 978-7-5199-1477-6　定价：49.00 元
电话（010）64217619 64217612（发行部）

目　录

下篇

前言

近几年，灾难频发，极端或奇特天气频现，核战争的可能性在增加，国际整体经济也有大萧条的趋势。在这样的大环境下，我们要如何看待这个世界？或者说，我们是否真的了解与认识这个世界？

一直以来，人们思考世界的角度都是从自己出发，以自我为中心，为参照，为标准，是"自我"甚至是"唯我"的。一个种族的"自我"，容易导致种族歧视；一个国家的"自我"，则容易形成"单边主义""优先主义"；而整个人类的"自我"，则会阻碍人们对这个世界的理解，从而产生各种各样的问题，无论是在哲学领域还是科学领域。

以科学（哲学）领域非常有名的哲学（科学）思想实验"薛定谔的猫"为例，百度百科描述如下：薛定谔的猫（英文名称：Schrödinger's Cat）是奥地利著名物理学家薛定谔（Erwin Schrödinger，1887 年 8 月 12 日—1961 年 1 月 4 日）提出的一个思想实验，是指将一只猫关在装有少量镭和氰化物的密闭容器里。镭的衰变存在概率，如果镭发生衰变，会触发机关打碎装有氰化物的瓶子，猫就会死；如果镭不发生衰变，猫就存活。根据量子力学理论，由于放射性的镭处于衰变和没有衰变两种状态的叠加，猫就理应处于死猫和活猫的叠加状态。这只既死又活的猫就是所谓的"薛定谔的猫"。但是，不可能存在既死又活的猫，则必须在打开容器后才知道结果。该实验试图从宏观尺度阐述微观尺度的量子叠加原理的问题，巧妙地把微观物质在观测后是粒子还是波的存在形式和宏观的猫联系起来，以此求证观测介入时量子的存在形式。随着量子物理学的发展，薛定谔的猫还引发了平行宇宙等物理问题和哲学争议。

那么，现在我们换个角度来描述这些所谓的物理与哲学争议：我们假设地球就是那个密闭容器，人就是关在容器里的"薛定谔的猫"，而天灾人祸，如台风、地震、疾病、车祸、战争等，就是那些镭和氰化物。这里我们假设有个科技十分发达的外星人，他来到地球看到了某个活蹦乱跳的人，做了标记之后便离开了地球。几十年后，他再次回到地球，想知道之前他标记的那个人的生死。那么按照薛定谔的理论，在外星人再次找到这个人之前，这个人就是处于生和死的叠加状态。只有当外星人找到并确定了这个人的生死，这个人才会坍缩成为其中的某一种状态。可是，这个人对于地球上的其他人来说，不是要么生要么死吗？这个人真的存在既生又死的状态吗？你能想象一个人（类）处于生和死的叠加状态吗？

不过，"薛定谔的猫"其实是想说明一些量子力学的现象。人们普遍认为"叠加态"与"坍缩"等现象只会存在于量子领域，有些人甚至还会认为是人的意识引起了量子状态的"坍缩"，认为微观与宏观是无法统一的。但是从客观上来说，事实恰恰相反，"叠加态"是人们认识一切事物的基础，并且是事物的状态导致了人们的意识出现"坍缩"，同时，微观与宏观也完全是可以统一的。有太多的问题，如果换个角度来看，其实根本就不是什么问题。

"薛定谔的猫"所产生的问题，就是典型的由于人们完全从自我的角度出发，完全以自我为中心去思考世界而导致的。可是，以"自我"的角度，人是无法发现自己是不能直接看到空间的，无法发现自己看到的或是认识到的任何事物都是基于"相对性"的，更加无法发现自己的认知体系是不完善的以及自己并不是无所不能的。

尽管这本书的内容可能有那么"一点点"颠覆认知，但是却不违背任何被证明过的理论或是任何被观察到的现象，因为只不过是换了个相对客观的角度而已。并且从这个角度来看，不仅仅是微观与宏观，一切对立都可以从某个维度进行统一，包括形而上学与辩证法，甚至是不同的思想与教派。同时，这本书也可以帮助一部分读者更好地理解各种思想与经书。

这本书其实是一部短篇科幻小说，分为上下两篇。上篇从几个关于爱情、事业和人生的小故事展开，这些超浓缩的小故事可以被看作连续的，也完全可以是平行的。从连续的角度来看则是一个人的"无限流"，从平行的角度来看则是一个人的平行世界，又或者，是一个世界里不同的人。这些故事看似简单，但故事与故事之间却又存在着千丝万缕又似是而非的复杂联系。

下篇则描述故事主角及其家人的一些心理与对话，内容包罗万象，举一千从。涉及的话题包括他们对命运、对生活的感悟，还有对人性、时间与空间、中医与西医等一系列问题的思考与讨论，以及故事主角作为普通百姓，又是怎样理解"人类命运共同体"并从某个角度提供一定理论支撑的。这些主题看似杂乱无章，但追本溯源，都本质相通，它们虽各自表现为万物，却万物归一，包括统一中西方思想、哲学与科学。

本书内容环环相扣，相互论证，互为因果，并且所有的逻辑都可以自洽，同时贯穿全书。不过，这本书并不是要讨论什么是对什么是错，什么是好什么是坏，更不是要给出关于这个世界所有问题的明确且让所有人都满意的答案。这本书不是"十万个为什么"，也不是"百科全书"，更不是要讲经释义。

这本书只是一面镜子，让人可以看清自己的全貌。但是同时，这本书也是一把钥匙，不过要打开什么大门，由人自己决定。

当然，这本书也可能什么都不是，因为我只是一个平凡的普通人。很多人喜欢将简单的问题复杂化，而我则喜欢将复杂的问题简单化。我仅仅只是呈现了一个我个人了解自己、认识世界的相对客观的多重角度和思维方式。希望人也好、人类也好，可以做出相对善良的选择，从而最终形成一个更好的世界、更高等的文明。

仅此而已，仅供参考！

上篇

一无所有

　　故事开始于一个平常得不能再平常的夏日，没有狂风暴雨，没有电闪雷鸣，一点儿也不像是有重大事情要发生的前奏。如果一定要说那天有什么特别的话，或许就是虽然已经过了午夜，但是在城市里的一座未完工而且本该无人的高楼楼顶边缘却站着一个人。他抬头仰望天空，繁星璀璨，似乎一眼就可以望穿整个宇宙。他又低下头，看到楼下无尽的黑暗，似乎一切又都是那么的扑朔迷离。而黑暗，能够带给人恐惧，也能够打消人的恐惧，正如此刻。于是，本来恐高的他在楼台的边缘坐下，并打开了一瓶酒。

　　这个人叫后晓坤，为了方便，后面就不写"后"了，只写晓坤吧。他出生在城市里一个非常平凡的家庭，父母都是工厂的普通工人。他们辛勤劳动，并且为了家人可以生活得更好，他们平日几乎每天都会交替着加班。如果是母亲加班，那么快要下班的时候，父亲一定会把晓坤送到邻居家，然后去接他的母亲下班，风雨无阻。

　　晓坤也很懂事，从小就知道帮父母做些力所能及的家务。他的性格乐观开朗，这或许是天生的，又或许是因为家庭幸福有爱的关系。然而，这样的描述多少都会让人觉得有些敷衍，所以，我们再增加另外一种可能：或许都有关系吧。

　　总体来看，一家三口的日子虽然过得并不富裕，甚至说有些清贫，但是非常幸福。晓坤清楚地记得，几乎他的每个生日，父母都会请假带他去游乐场玩上整整一天，还会买给他一直很想要的生日礼物。

晓坤更忘不了的是那个改变这一切的晚上。那天是晓坤的母亲加班，父亲照常去接母亲。可是，那一整夜，晓坤都没有等到他们回来。第二天，晓坤的姑姑来邻居家里接走了他，并且告诉晓坤，他的父母要出一趟远门，可能要很久才会回来。那一年，晓坤还不到十岁。

从那以后，晓坤便一直住在了姑姑家里。姑姑对待晓坤非常好，就像绝大多数的母亲对待自己的亲生孩子一样，而姑姑刚好也无儿无女。可是，无论如何，晓坤还是会经常想起自己的父母，会在被窝里默默地哭，直到哭累了才睡着。

再长大一些的时候，晓坤知道是一场车祸带走了他们，据说那个司机也当场死亡。晓坤一个人的时候经常会想，如果父母不在这个世界上了，那他们去了哪里？

从那时起，晓坤便开始思考死亡，思考很多人生中无解的问题。就这样，命运很"轻易地"就改变了晓坤的性格，他变得内向、自卑和沉默寡言。人们常说性格决定命运，但是如此看来，命运也决定性格。事实上，"决定"这个词用在这里是非常不负责任的，或许换成"影响"更恰当一些。

晓坤学习非常刻苦，后来以优异的成绩考入一所重点大学，专业是人工智能。他选择这个专业的理由其实和父母的车祸有关，因为他相信人工智能可以帮助人减少一些事故。

上了大学之后的晓坤依旧很努力地学习，最初基本不参加任何课外活动，因为在他看来，那些事情都是在浪费时间，他宁愿多看一些书，或者多做一些编程练习。

他第一次参加活动，已经是大三了，而且是有些被动的。

那一年刚开学的时候，晓坤所在的院系按照惯例组织了一次欢迎大一新生的联谊晚会。和往年一样，晓坤本不打算参加，他按部就班地在晚饭时间去食堂吃饭。但是，他在路上遇到了一个正在为晚会做准备的同学，她拿了太多的东西，希望晓坤可以帮忙。于是，他便跟随那名同学一起去了联谊晚会。

在那里，晓坤遇到了刚上大一的禾苗，不过她更喜欢大家叫她叶子。叶子很爱笑而且笑起来很甜，晓坤也说不出为什么，叶子的笑总是能够让他感受到一种久违的很特别的温暖。

于是，晓坤再次被一种无形的力量所影响。事后晓坤想，这或许就是喜欢吧。他为了能够多接触叶子，甚至还主动参加了叶子所在的社团。晓坤对纪念日不太敏感，所以也不知道从哪一天开始，在社团活动之后，晓坤都会送叶子回宿舍。叶子也并不拒绝，因为其实她也很早便注意到了晓坤。晓坤虽然算不上很帅气的那种男生，但是却有一种很特别的亲和力。

在一次回宿舍的路上，晓坤牵了叶子的手。虽然两个人的关系可以分为很多种，确定关系的方式也有很多种，但是通过牵手确定恋爱关系还是相对保守和比较容易让人接受的。

叶子的性格是活泼乐观的，她经常会逗晓坤开心。所以，晓坤非常喜欢叶子，他感到自己的生活中似乎多了一些色彩，特别是看到叶子的笑。叶子当然也是喜欢晓坤的，只是会认为晓坤在感情方面有些木讷，而且很多时候晓坤都会让人感觉有些沉重，有些压抑。

后来，晓坤讲了自己的不幸，叶子明白了原因。只不过，叶子几乎从来没有经历过至亲之人的离去，她虽然能够想象晓坤的痛苦，却始终无法感同身受。其实经历过痛苦或者委屈的人，是异常渴望被理解的。但是晓坤也明白，可以理解他的人不一定能够给他带来快乐。正如人们常说的："鱼和熊掌不能兼得。"

叶子经常拉晓坤去逛街或是出去玩，因为她希望晓坤可以不要总去想那些不开心的或是一些没有答案的事情，她希望晓坤也可以变得开朗一些。可是，晓坤是有些固执的，他更想待在寝室里多学一些东西。

有一次，叶子对晓坤说，她还需要"阳光"才能进行"光合作用"。晓坤完全明白叶子这句话的意思，他一时语塞，不知道如何回答。叶子又说，如果他不做"阳光"，就只能做"肥料"了，说完还扮了个鬼脸。晓坤又语塞，因为他的"一时"比别人长很多。

就这样，晓坤和叶子也会闹别扭。只不过，虽然有吵吵闹闹，但是他们总是可以很快就和好，并且也都越来越离不开对方。像是很多的陆生植物，尽管总是向着阳光生长，但却也离不开土壤。而土壤也是离不开植物的，不然就会变成沙尘。而沙尘，则更喜欢和风或者风暴在一起。

然而，人生不如意十之八九，他们后面不得不异地。因为晓坤大学快毕业的时候，认为自己所掌握的知识离自己当初期望的目标和能力还有一些差距，所以考取了另外一所更好大学的研究生去了外地，与叶子的距离不远也不近。不过，这完全不能代表他为了理想而放弃了爱情。事实上，他从来没有想过自己要离开叶子，并且他相信叶子也是明白这一点的。

与其他大多数人的异地恋一样，上了研究生之后的晓坤和叶子已经很少能够见面了。但是他们每天都至少要通一次电话，即便通话时间渐渐地有些"缩水"。一方面，因为晓坤后来开始自学一些与汽车相关的机械知识，并在学习之余忙着编写一个辅助驾驶的程序；另一方面，叶子升入大三之后，也开始感受到了就业形势的严峻，到了大四，更要面对答辩和找工作等事情。

有人说，人是一瞬间长大的。在晓坤研究生快毕业的时候，他无意中看到一条新闻，是一个小孩子得了重病，由于没有钱而放弃了治疗，她的父亲甚至因此而自杀。这条新闻对晓坤的触动非常大，因为这让他不禁想到，如果父母有钱，当初就不用加班，也就有可能不会死。在那一刻他意识到，自己必须要开始去赚钱了，要孝敬把自己养大的姑姑，也希望自己快点攒些钱可以和叶子结婚。有时候，一句话，一件事，就足以影响一个人的一生。

就这样，本来打算继续深造的晓坤便开始投递简历，面试公司，但是工资都有些不如预期。由于找工作的结果不理想，加之他在读研的时候经常会看一些"成功学"之类的书，很早便埋下了，又或者被埋下了自己创业的种子。所以，晓坤最后决定——开公司。一方面，他可以继续为了自己的理想而奋斗，不用听从别人的安排而背离自己的目标。另一方面，他也希望自己可以通过这种方式赚些钱，而俗话说舍不得孩子就套不到狼，或者书面一些：有舍才有得。其实晓坤并没想过要一夜暴富，但是他也不想叶子以后跟着自己过苦日子，他太爱叶子了。

晓坤当然也不是随便开了一家公司，他一直在编写一套可以辅助驾驶员减少事故的人工智能系统。虽然这套系统离成熟应用还很远，但是他坚信这项创新的前景，便成立了这家公司。只不过，因为晓坤读研所在城市对这项产业的扶持力度较大，所以，公司也开在了那里。

然而公司发展并不顺利，经营不到一年便开始出现了资金周转问题。晓坤也试着找过一些风投，但是风投在评估后，投了另外几家同样是做辅助驾驶的公司。资本毕竟都是逐利的，投资就是要优中选优，应该没有任何人会认为这样有问题。因此，即便做了很多努力，晓坤的公司最终还是申请了注销。

有人说，失败的原因有千万种，而成功的理由只有一个，那就是坚持。这就像牧师会对他的信徒说，如果你足够虔诚，死后就可以上天堂。但是如果你死后没有上天堂，那只能说明你不够虔诚。所以，或许晓坤没有成功是因为他不够坚持，因为至少，他还有两个肾，卖了钱之后应该还能多坚持一段时间的。

在公司做了清算的那天下午，晓坤特别沮丧，便回到之前的城市去找叶子。他知道，叶子一定可以安慰他。可是他并没有告诉叶子自己要去找她，因为他不知道该怎样通过电话或是信息述说自己当时的心情。叶子其实也一直都不知道晓坤公司的真实情况，虽然晓坤几乎每天都会打电话给叶子，有事没事地闲聊几句，但是他很少讲到自己的公司，或是只报喜不报忧，因为他不希望叶子为自己费心或是担心。

那天晚上，晓坤到叶子家楼下的时候，天已经有些黑了，他直接去了叶子租的房子。开门的是叶子的室友，告诉他说叶子还没回来，应该是加班了。她本来还邀请晓坤进屋里等叶子，可是晓坤觉得和不熟悉的女孩子在一个房子里可能会有些尴尬，便在表示感谢之后找了个理由拒绝了。其实他不知道的是，叶子的室友很快就出门吃饭去了，不早，不晚。

后来晓坤在楼下的公园里等叶子。可是他等到的，却是叶子被一个陌生的男人开着车送回来。车停下之后，那个男人立即下车跑到另一侧，这时叶子刚好也下了车，男人挽着叶子似乎很亲密地一起走进了楼里，而叶子并没有看到晓坤。

晓坤当时很想冲上去问个清楚，但是他很害怕，害怕不知道如何收场，害怕自己会很狼狈。因为他是个很自卑的人，他认为自己和叶子因为异地不能经常见面，加之当时的他一无所有，如果叶子在身边找到了一个有钱又很喜欢的人或许也是人之常情。可是，他又不敢相信眼前的一切，不敢相信自己又一次失去了很爱的人，所以他安慰自己说或许是天太黑，自己看错了。于是他发了条"直男"信息给叶子，他问她："我还是你的男朋友吗？"

过了一会，叶子回复他："如果不在一起的话，就不算吧。"

那一刻，晓坤感觉像是有一颗核弹在他的心里被引爆，整个世界瞬间就全部坍塌了。事实上，如果换一种心情，或者换一个时间，晓坤可能还会想一下叶子是不是在和他开玩笑，但是在当时的背景下，他反而觉得叶子已经是在为了顾及他的感受而婉转表达了。

其实很多人都会有这样一种心理：如果他们先入为主地想到了一件对自己来说的"坏"事，那么他们会本能地做出相应的心理准备，并且随后会更偏向于去证实自己的"坏"想法，从而向心理准备的方向靠拢。只不过，他们自己完全没有意识到这一点。这是一种本能的"心理自我防御"与"心理自我暗示"。由此看来也可以说，"心"也和"人"一样，很"自我"。

晓坤几乎是用了身上所有的钱买了一瓶烈酒，然后在大街上漫无目的地走着。因为是大学城附近，街上很多情侣，熙熙攘攘，不禁让他想起了之前和叶子在一起的时光。可是这个时候的晓坤是多么希望这个世界可以安静下来，于是也不知道走了多久，他来到了一处建筑工地，这儿有一栋未竣工的高楼，结构基本已经好了。但是那天却没有在施工，或许是"烂尾"了，或许没有，总之里面没什么人，就像是演出前的舞台清场了一样。

在现实生活中，我们很难知道是谁为我们的人生搭建了舞台，但是我们给它取了个名字，叫"命运"。其实那栋高楼是一家公司在快速发展与扩张时期修建的，不过这个项目因为公司负责人的突然离世而暂停了。

于是，晓坤偷偷溜了进去，并且上到了最顶层。他在那里想了很多，想到父母，想到公司，想到叶子。晓坤最后是有些恨叶子的，在失去父母之后，他曾经因为叶子，又找到了生活的意义。可是，有时候，一个人可以成就另一个人，却也可以在某种程度上轻易毁了另一个人。

"难道这就是人生吗？"晓坤边喝边想，但是怎么也想不明白，自己的人生到底是哪里出了问题，是他的性格还是他的命运，是他的爱情还是他的事业，又或是，全部都有问题。其间他甚至想过重新开始，但是重新开始真的就可以解决所有问题吗？晓坤的酒量不好，就这样，他很快就把自己喝到不省人事。

世界卫生组织《2019 年全球自杀状况》报告中的最新数据显示，自杀仍是全球主要死因之一。每年，死于自杀的人多于艾滋病毒、疟疾或乳腺癌、战争和他杀。

重新开始

就在晓坤感觉到身体猛的一个下坠的时候，耳边传来一个既响亮又熟悉的声音，迫使他本能地睁开了眼睛，然后惊奇地发现自己正躺在床上。那个响声是他的手机闹钟，他意识到自己刚刚只是做了一个噩梦而已。

只不过，在醒来之后，他仅仅记得自己站在一栋高楼的楼顶，其他的细节在他睁眼的一瞬间就几乎都想不起来了。而且梦很调皮，很会捉迷藏，越是努力地想要找它，越是会找不到。可是他却能够真切地感觉到自己被梦中的悲伤所笼罩，加上那天公司做清算，所以他心情非常差，便回到之前的城市去找叶子。然而他并没有告诉叶子自己要去找她，而是直接去了叶子租的房子。开门的是叶子的室友，告诉他叶子还没回来，应该是加班了。她本来邀请晓坤进屋里等，可是晓坤表示感谢并拒绝了。这一幕，晓坤似曾相识。

晓坤在楼下的公园里等叶子。可是他却看到叶子被一个男人开着车送回来。晓坤便发了条信息给叶子，他问她："我还是你的男朋友吗？"过了一会，叶子回复他："如果不在一起的话，就不算吧。"

晓坤彻底崩溃了，买了一瓶烈酒，然后又不知不觉走到一栋未完工的高楼，像是被什么引领着。他溜了进去，站上楼台边缘，结果眼前熟悉的场景使他忽然想起了前一天晚上的梦。

在那一刻，他想起了梦里的一切，包括那个他在酩酊大醉之前许下的希望人生可以重新开始的愿望。有时候，梦就像个孩子，你不找它，它自己忍不住就会出来。他的潜意识似乎告诉他梦里的一切都是真实发生过的，但是他完全无法相信，因为人经常会把自己的潜意识当成最不靠谱的骗子。晓坤想，如果真的是重新来过一次，为什么一切都没有变。可是，在这个时候，认真去思考一个梦是非常可笑的，于是他坐在楼台边缘开始喝酒。

　　就在他喝得有些恍惚的时候，一个熟悉的声音响起。原来又只是梦而已，因为手机又响了。可是，当他有些茫然地拿起手机，看到屏幕上显示的却是叶子的来电。

　　晓坤慌乱地按下接听，电话里传来叶子的声音。叶子哭着说："对不起，其实之前的短信是气话。因为我今天的心情非常低落，白天工作特别忙，还出了些差错，晚上又加了班。下班之后我想快些回家，可是又因为穿着高跟鞋，走太快不小心崴了脚，站着都非常痛。想打电话给你，可是我怕你正在忙，也怕你担心我，所以就把刚要拨通的电话挂断了。后来有一个好心人，看到我一瘸一拐地走路有些困难，便开车送我回的家。没想到刚进屋就收到你发来的一条莫名其妙的短信……"

　　这个时候，晓坤并没有像某些人一样，对叶子说，"你可以打车啊。"然后直奔吵架的方向。事实上，他的大脑此刻是有些空白的，叶子后来说了些什么，晓坤已经没有在听了。他一直以为叶子的离开是压倒他的"最后一根稻草"，以为自己一无所有了。结果发现之前是自己错怪了叶子，原来自己所看到的，只是事情的一小部分而已，而另外的一大部分都完全是由自己脑补的。其实，人能看到的，十分有限，但是人的想象却可以很丰富。

就这样，故事的情节发生了一百八十度的转变。但是故事的结局却在一些人意料之中，另一些人意料之外。晓坤并没有起身去找叶子，而是挂了电话继续喝酒，并且很快就"断了片"。原因很简单：这一切都让他更加地爱叶子，更加地心疼叶子。他觉得叶子那么好，可是自己却不能让叶子过上好的生活，他感到极度的难过与愧疚。

有时候，即便完全不同的两件事情也可能会带来同样的结果。或许，这就是老子所说的"道"，又或许，这什么都不是。

"如果一切真的可以重新开始的话，那么我希望能够拥有更多的时间，可以让我努力使叶子过上好的生活。"晓坤在失去意识之前这样想。

选择事业

再一次，晓坤被闹钟叫醒。他把声音关掉之后，躺在床上想起自己刚刚的梦，他依稀记得梦里的自己很失败，而且还站到了一栋高楼的楼顶，但是很多细节他依然记不清楚。那天，是他公司成立的第一天，也正是从那天起，他开始从很努力升级为格外地努力，不过公司的发展依旧不是很好。

然而这一次，命运送了一份大礼。在公司马上要维持不下去的时候，晓坤收到一个风投的回复，他呕心沥血做出的人工智能辅助驾驶系统在众多竞争者中脱颖而出，获得了一大笔资金，可以使公司继续运营。于是，人生的转机就这样出现了。毕竟，资本是要运作的，有人没有拿到的投资，总会有其他人获得，不是吗？这就像有人成功，就会有人失败。

在工作之余，晓坤还挤时间考了驾照，想着以后可以更方便去看叶子。在那之后，又由于政策的扶持，公司发展非常迅速，还集资和贷款在叶子所在的城市建了属于公司自己的一幢高楼。晓坤也很快便买了一辆新车，提车那天，晓坤特别开心，便开车去找叶子，他想和叶子一起分享他的快乐心情。正如作家张小娴所说："如果你开心和悲伤的时候，首先想到的，都是同一个人，那就是完美。"

可是他并没有告诉叶子自己要去找她，因为他想给叶子一个惊喜。于是买了香槟和鲜花，直接去了叶子租的房子。开门的是叶子的室友，说叶子还没回来，应该是加班了。她邀请晓坤进屋里等叶子，可是晓坤拒绝了。这一场景，晓坤总是觉得之前在哪里见过，很真实地见过。然而，却只有那一幕让他有这样的感觉。虽然接下来，晓坤看到的依旧是叶子被一个男人开着车送回来，并且看似很亲密地走进楼里，但是他已经一点印象都没有了。

晓坤发短信给叶子："我看到一个男人送你回家。我现在已经成功了，有能力给你好的生活，为什么还要这样对我！"有了钱，说话都霸气一些。

叶子回复他："你认为我想要的是物质吗？我想要的，其实只是简单的陪伴而已！"看来，霸气不是万能的。

事实上，自从晓坤那次从噩梦中醒来，便一门心思扑在了公司上，因为他不想也不允许自己失败，但是也因此经常会忽略叶子，有时可能几天才会打一个电话给叶子。而且，晓坤完全不记得之前梦里的误会。不过即便他记得，又有谁能保证这次还是一个误会？

人生就是这样，很多事情可能都是不清不楚、不明不白的。每个人做每件事都会有自己的想法和理由，因为每个人都有自己的位置和看事情的角度。至于这一次到底是不是误会，相信大家都会有自己的判断，无论对错。

晓坤的心情非常差，开着车想回到自己的家。车里随机播放了一首歌，是李宗盛的《山丘》。里面有这样一句歌词："越过山丘，才发现无人等候。"那首歌他听过很多遍，但是在那一刻，他似乎想到了歌词的另外一层含义。他想起自己无数个辛辛苦苦的日日夜夜，可是当他真的成功了，却发现自己已经变成了孤家寡人。人最怕该懂的时候不懂，不该懂的时候自以为懂了。对了，在《山丘》之后好像是阿杜的《他一定很爱你》。

音乐有时也像酒一样，似乎可以疗伤，但有时，也会把伤口撕开。晓坤想了很多很多，不知不觉便进入了"另一个世界"，像是"灵魂出了窍"。忽然，另外一辆车猛地并道过来，加上自己驾驶经验不足，想踩刹车却在慌乱中踩成了油门，于是车子失去了控制撞向了路边的一对夫妻，发生了非常严重的车祸。很不幸，但是不幸中的万幸是那对夫妻的孩子不在身边。是的，他一直在努力可以使人避免车祸，如果没有这场车祸，他或许会成为一个造福人类的成功人士。可是，命运有时候就是这样地捉弄人。

车祸后，晓坤的全身似乎都没有了知觉，但是他的大脑却异常地清醒，使他想起了之前所有的事情。他决定重新开始，因为他还是深爱着叶子的。于是，他完全放弃了求生的欲望，闭上了眼睛。"据说"，闭眼前他似乎还看到了一道"圣光"。

这一次，晓坤死于意外。可是，这真的是个意外吗？如果他不是今天提车，如果电台里放的是《今儿个真高兴》，如果不是有人开车忽然并道，或许他就不会死。晓坤临死前还想到过另外一个问题：如果他接受叶子室友的邀请，进屋等叶子，结局会不会有所不同？

上篇

选择爱情

一道强烈的白光，迫使晓坤再次睁开眼睛，看到"一米阳光"刚好从窗帘的缝隙中照进来，并落在床头——夏天的太阳总是起得比闹钟还早。这次醒来，是晓坤大学快要毕业的时候。

本来计划大学毕业后继续读研究生的他，在那天早上，做了一个决定：放弃继续考研，开始找工作。其实他也不是完全清楚自己为什么会有这样的决定，或许是自己不想再熬夜备考了，或许是自己想努力赚钱了，又或许，是因为自己前一天晚上的梦。其实很多时候，人的思想与行为往往都只在一念之间，正所谓"一念成佛，一念成魔"（《佛经》）。

由于不错的学习成绩以及对工资的一般要求，晓坤很快就找到了一份工作，没有离开所在的城市。他经常回学校看叶子，他们的感情也一直非常稳定。晓坤工作特别努力，他希望可以尽快攒些钱之后和叶子结婚。他也从来没有想过要开公司，虽然他一直利用业余时间编写自己感兴趣的程序。

两年之后，叶子也毕业并且工作了。晓坤用自己攒下的几乎所有的钱买了珠宝店里最小的一颗钻戒，向叶子求婚了。接着他们很快便领了结婚证，办了简单的婚礼。又过了没多久，叶子便怀上了他们的孩子，一切都让晓坤感到无比的幸福。

然而，命运不仅是个优秀的道具师，还是个出色的编剧。

孩子出生后没多久，便被查出急性白血病，治疗需要非常多的钱，并且不一定能够完全治好。这些钱对于有钱人来说或许不算什么，但是对于晓坤来说，已经相当于天文数字了。

看着叶子哭肿的眼睛，晓坤却无能为力，可是他又有什么选择呢？他从来没想过这些看似离自己很远的事情会发生在自己的身上，他以为只有在新闻里才会看到。是啊，任何不发生在自己身上的事情都离自己特别遥远——很疑惑人们是通过什么来感知距离的。正是从那时起，晓坤开始感叹自己的渺小，同时也开始怨恨命运的不公平。

人到底有没有命运？在那之前，晓坤其实是不相信命运一说的，因为他认为人可以做出自己的选择，例如可以选择看或者不看，可以选择听或者不听，可以选择要或者不要，可以选择走或者不走，等等。但是在那之后，晓坤开始怀疑自己是不是命中注定了要如此悲惨。极度的悲伤让晓坤回想起了自己曾经做过的梦，于是他买了瓶酒再次走到高楼上。同一栋高楼，不同的是，这一次的酒更烈一些。

当人掌握了某种能力之后，不用总会觉得是浪费的，例如欺骗，例如贪婪，例如嫉妒，等等。人如果可以得到十块钱，就不会满足于只拿一块钱。人如果可以吃得好，就不会满足于只是吃得饱。人如果可以占领银河系，就不会满足于只是占领地球。我不想评论对错，因为我也是人，所以我还站不到道德的高点，我只是陈述事实而已。更何况，我是通过我自己了解的人，了解的人性。

多重选择

再次醒来，是晓坤所在的院系组织新生联谊会的那天早上。

到了晚饭的时候，他忽然有些犹豫，因为他想起了前一天晚上的梦，梦里他似乎在联谊晚会上遇到了一个心爱的女孩。可是，那毕竟是个梦，所以他最终还是决定去食堂。但是在路上，他遇到一个正在为晚会做准备的同学，拿了太多的东西，希望晓坤可以帮忙，于是他们便一同去了联谊晚会。毫无意外地，晓坤与叶子相遇了。

"这或许就是天意或者命中注定吧。"晓坤想。

这一次，晓坤在大学毕业的时候选择了考研，研究生结束后选择了开公司，并且他在发展公司的同时也从来没有忽视叶子。他发现，原来事业和爱情是可以兼顾的。并且这一次，爱情没有成为他的负担，反而成了他的动力。

同时非常幸运的是，这一次公司很快就步入正轨。不仅得到了更多的投资，建了属于自己的高楼，而且他的人工智能辅助驾驶系统很快进入了上路测试阶段，几年后，公司甚至还通过证监会的批准在科创板上市了。于是，晓坤买了珠宝店里最大的一颗钻戒向叶子求婚了。婚后的叶子做了全职太太，生了一个健康的孩子。他们还买了一套别墅，一家人也都几乎没有得过什么大病。

故事进行到这里，或许该结束了，然而人生毕竟不是故事。对人生来说，连死亡都不一定是结束，所以故事还要继续。

晓坤的公司也和大多数公司一样，在不断发展壮大的过程中遇到了困难，加上公司内部的激烈斗争，使得晓坤一筹莫展。钩心斗角、尔虞我诈是晓坤天生就不擅长也不喜欢的，他的时间几乎都用来做技术开发和陪伴家人。但是，有人的地方就有江湖，而且人越多，越能够暴露人性的弱点。有人恰恰利用了晓坤的这些特点逐渐掌控了公司，等晓坤发现的时候已经有些晚了。

一天回家后，看着淘气的孩子和心思都在孩子身上的叶子，晓坤忽然有一种很复杂的感觉。似乎觉得叶子有些不理解他，不懂他了。他感觉已经不再能够像以前一样，可以从叶子那里找到自己想要的安慰。于是，他和叶子说自己公司还有些事，便离开家去了酒吧。毕竟他现在拥有的钱可以买到的，不只是一瓶酒，而是差不多整个酒吧了。

不过他去酒吧完全没有其他的目的，只是想一个人喝闷酒，不想去搭讪也不想接受任何搭讪，因为喝酒是他能想到的除运动之外唯一的减压方式。至于没有去做运动是因为他不喜欢运动，不在家喝酒是因为他不想让叶子看到自己软弱的一面，而且家里还有孩子。而没有去公司的楼顶喝酒是因为他恐高，他曾经在一个晚上去过公司的楼顶并向下看，由于公司灯火通明，他一眼就可以看到地面，看到地面上的人和车。

人生，总是有许多的不期而遇。那天晓坤在酒吧里竟然遇到一个大学的同班同学。于是他们边喝边聊，聊到大学的那次迎新晚会。那个同学告诉晓坤，其实她从大一开始就很喜欢他，暗恋了两年之后本来打算在迎新晚会上表白。那天她特意化了妆，知道晓坤一般不会主动参加活动，所以她从食堂开饭之前便在晓坤的宿舍楼下等他，手里拿了很多东西也是她当时想到的可以把晓坤带去晚会的主意。而且这样做还可以留个后手，就是即便她那天没勇气或是没办法开口表白，她也能够以表示感谢为理由请晓坤吃饭，从而慢慢拉近关系。

不过，有句话怎么说的来着，人算不如天算。她万万没有想到晓坤在晚会上对叶子一见钟情，她还说晓坤那天晚上看到叶子的眼睛都是放光的……不知不觉，他们聊了很多，喝了很多……

当晓坤再次醒来的时候，发现并不是在自己的床上，而是一个陌生的地方。他的人生也没有重来，不知道是前一天喝酒的地点不对，还是因为他喝酒的时候不是一个人。

尽管他的头很痛很晕，但是他还是很快就确认了自己是在酒店里。确认后他的第一反应就是马上离开，然而却在酒店大厅看到了叶子。晓坤知道，叶子是通过他的手机定位找到他的，因为他告诉过叶子可以定位他手机的账号和密码。

其实晓坤前一天离开家的时候，叶子隐约感觉到了晓坤的心情好像有些低落，她把孩子哄睡了之后就一直在等晓坤回来，想和他聊一聊，因为她想起自己似乎也很久没有关心过自己的老公了。

可是叶子几乎等了一个晚上也没有等到晓坤回来，她开始有些担心，而她担心的，只是晓坤的安全，没有其他。因为晓坤很少晚上不回家，即便有事也会提前告诉她。叶子后来也打过很多电话给晓坤，不过一直都是无人接听状态。于是叶子开始坐立不安，所以她便打开了手机定位，结果找到这家酒店。

看到叶子的晓坤一下子更慌了，他不知道如何才能把眼前的一切解释清楚。在这样的情况下，叶子会相信他吗？叶子同时也看到了有些狼狈，有些慌乱不知所措的晓坤。这个时候，如果你是叶子，你会选择怎么做呢？会不会冲上去大吵一架？

不过叶子并没有过去和晓坤吵架，事实上她什么都没有说，而是转身离开了。晓坤也并没有马上追出去，在这种情况下，追上去他也不知道自己要说些什么。所以，不如让大家都先冷静一下，自己也好有时间想想该怎样澄清前一天晚上说公司有事，然而第二天早上却出现在酒店，并且手机里还有很多未接电话。

晓坤直接去了公司，但是他推掉公司下午所有的事情，想着冷静一下之后就回家向叶子解释。可是，当他回家并进屋后，管家却告诉他说，叶子带着孩子回娘家看爸妈了。还说叶子亲手做了饭菜留给他，而桌子上的饭菜摸起来还有些温度。

晓坤马上打电话给叶子，可是一直都是关机。晓坤想，叶子可能在飞机上，因为她的爸妈家在另外一个城市，不过一般一小时就可以到。可是两个多小时之后，他又打了很多电话，叶子的手机依然关机。看来命运是公平的，不到一天之前，还是叶子不停地给晓坤打电话。

没过多久，晓坤的手机更新了一条一架飞机失事的新闻，很快他便确认了是叶子的那一班飞机。据说飞机是近乎垂直坠落的，无人生还……

这个时候的晓坤已经不知道之前还有哪一个结局比这个更让人崩溃了，甚至已经没有任何言语能够形容他当时的心情。

晓坤问老天，问命运，为什么要这样对他？为什么得到的越多失去的也会越多？他真的很想知道自己的人生到底是哪里出了问题。可是，背着黑锅的命运通过沉默来表示自己不会说话，因此晓坤自然是没有得到任何回应的。

不过，没有什么事情比悲伤更加能够让人反思了，不是吗？所以，他开始回想所发生的一切，从叶子回父母家开始。晓坤想，如果叶子不带着孩子离开，他们就不会有事，可是怪叶子吗？当然不能。怪飞行员或者天气吗？怨天尤人是没有意义的。所以他怪自己，如果自己早上就把所有的事情解释清楚，或许这一切就不会发生。但是他当时怎么可能会知道，比解释不清楚更痛苦的是连解释的机会都没有了。

晓坤继续想自己为什么需要解释，因为喝多了。那么为什么喝多了，因为遇到了大学同学。可是，怪这个同学吗？虽然是因为她才导致叶子带着孩子登上了那班飞机，可是当初也恰恰是因为她才使自己能够和叶子相遇的。他继续想自己为什么要喝酒，因为公司的压力以及公司内部的斗争。慢慢地，晓坤发现这所有的一切都有因有果，然而，这个结果完全不是他想要的。于是，他买了一瓶酒，并再一次来到了公司的楼顶，他希望自己的生活不再有压力甚至不再需要奋斗。

有人说，叶子其实是非常相信晓坤的，不然不会依旧做了饭留给他。也有人说，叶子是不相信晓坤的，不然不会带着孩子离开。不管事实到底如何，这些都已经不重要了。人不在了，一切，都不重要了！

不过，再一次，如果你是叶子，你会选择相信晓坤还是选择不相信？请让我非常大胆地猜测一下，我猜一定有人选择相信，有人选择不相信！这时候肯定有人要跳出来说："这不是废话吗？！"

可是，你们能相信这种废话竟然还是一种量子力学的现象吗？因为对于这件事，有"相信"和"不相信"两种状态，这两种状态同时存在，或者我稍微学术一点，这件事处于一种"叠加态"。但是，如果你去思考它，并且想得到一个答案的时候，"坍缩"就出现了，因为要么相信，要么不相信。此外，在这本书被大范围发行和出售的前提下，也没人能够知道下一个思考这个问题的人会在哪里，又或者，会做出怎样的选择。

这时候可能又有人要跳出来："这件事又不是量子，它甚至都不是一个物质，而且人更加不是量子。"不过，不急，这也不是几句话就能讨论明白的事情，要想统一哲学与科学，还需要做一点儿铺垫，需要一点儿时间和空间，但是也不用太多。

然而这里还是希望大家可以先思考这样一个问题，就是这两件事物之间真的就是完全不同吗？真的就没有任何的相似性吗？如果从宇宙之外看地球上的人，难道就完全不像是量子吗？

拥有一切

这一次，晓坤是被爸爸妈妈叫醒的，只不过，醒来之后的晓坤感觉非常不舒服。因为他病了，而且病得非常严重，还迷迷糊糊地做了很多梦。那天，他的爸爸妈妈为了照顾晓坤，都请了一天的假，没有上班，更是没有去加班。

那一天，就是晓坤的父母本来会出车祸的那一天。不过，这是没有任何人能够知道的，包括晓坤的父母。他们怎么可能会知道，他们还在祈求老天可以让晓坤快点好起来。老天是有些生气的，认为他们不知足。

后来晓坤的父母因为种种原因都下岗了。别无选择，他们只能做些生意养家糊口。不过塞翁失马焉知非福，他们的生意却越做越大，越做越好，先是摆地摊，然后开商店，后来有了自己的厂房，并且还做了投资，投资过房地产，也投资过一些高科技产业，包括人工智能辅助驾驶系统等。就这样，晓坤的家里越来越有钱，甚至很快就进了富豪榜。这或许就是传说中的人定胜天吧。

自从家里开始变得富有了以后，他的父母就不再像以前那样恩爱了，而是经常吵架，还总闹离婚。有人说这是金钱的错，我是非常同意的，但是我们必须要原谅金钱，因为它们毕竟不像人一样——长了脑子。

不过晓坤从不去理会这些事，在他的字典里根本就没有"操心"这两个字。他学习也不太努力，在这样的条件下，谁会想去学习呢？当然也根本没有人在意他的成绩，他也完全不需要担心自己的未来，他几乎可以说是要什么有什么，没有任何压力，也根本就不需要奋斗。

虽然他后来梦到越来越多的事情，甚至梦到过某一期彩票的中奖号码。可是，他已经不再需要这些了。不是吗？富二代买彩票中了头奖，一方面，富一代应该不会引以为荣；另一方面，会引起公愤吧。在这个世界上，很多时候就是这样——需要的没有，拥有的不需要。有些人为之拼命的东西，例如金钱，有些人可能会毫不在乎。

高考的时候，晓坤没有考上之前的那所重点大学。看来，富二代也有运气不好的时候。可是这又有什么关系，他已经不再需要辛辛苦苦地打代码，不再需要没日没夜地编写程序，不再需要举步维艰地创业。

他的父母想把他送到国外去上大学，可是他不同意，却坚持要去他梦寐以求的那所重点大学。父母拿他没办法，只好为他想办法，并且最终的结果是，晓坤如愿以偿。其实他的父母只是商人而已，不过是很有钱的商人。不知道从什么时候开始，金钱与权力成了形影不离的双胞胎。这里的权力就包括了优先权、特权，以及一些其他的权力等。

进入大学之后，他的人生目标也还是只有一个：享受生活。并且这一次一定要和叶子一起。所以他要做的，就是等到两年之后与叶子相遇。他当然也想过提前去叶子的城市找她，可是他觉得那样很有可能会吓到叶子，他还不想让人把他当成"非正常人"并抓去做研究。更重要的是，他看电影里说，如果他乱来，有可能会改变叶子的"时间线"。

终于等到他最初与叶子相识的那一天，学院按照惯例举办了迎新晚会。然而，晓坤却没有看到叶子。后来，他多方打听寻找，也去了叶子的城市，可是都没有找到叶子。

直到这个时候，他才意识到，在他本该认识叶子之前，所谓的"时间线"早就发生了改变，很可能叶子已经不存在了，或者即便存在，也完全不知道在什么地方。晓坤原本以为，他和叶子的相遇是天意，他们是命中注定了要在一起的。他无论如何也没有想到，当初的那一个转身，竟然不只是一辈子，而是永别，再也见不到了。

就这样，他便开始过着非常颓废和空虚的生活，每天都是吃喝玩乐，纸醉金迷。他也谈过几次恋爱，但是时间都很短。其中有一个是他的大学同学，她非常地喜欢晓坤，晓坤也曾经想过既然找不到叶子，就和她一直在一起算了，因为他能真切地感受到她是真心喜欢自己的。

可是，当你爱过一个人，并且爱成了一种信仰，成为自己身体的一部分，你就会发现自己真的很难再爱上其他人了，哪怕是遇到再好的、再合适的。你甚至有可能会忘记那个人的相貌、习惯、爱好，忘记自己当初为什么会爱上她或是爱她的什么，但是你永远都能感觉到自己的心被占据着，从此再也没有人可以走得进去。

不过，这样刻骨铭心的爱情应该只有在小说里才会出现吧！所以，或许只是晓坤比较固执而已，就像人们常说的执念太重。

时间就这样消逝，没有人知道去了哪里。晓坤无数次地梦到过叶子，无数次地希望梦可以实现。当发生了一件坏事的时候，我们都希望那只是一个梦，而当我们梦到一件好事的时候，我们却希望梦想成真。这个时候如果存在上帝的话，估计上帝也会很无奈地说："要不这个位子你们来坐？"

随着年龄的增长，晓坤开始对自己的梦产生了怀疑，他开始相信他的梦就只不过是梦而已。因为除了一些正常的梦以外，他也梦到过其他一些很奇怪的情景，例如梦见自己在漫无边际的海里。"难道我之前的某一世还是一条鱼吗？"他这样自嘲。

后来，晓坤的父母也渐渐意识到了他们在教育孩子上的疏忽，为了弥补，他们便对晓坤提出了一些要求。例如，在公司做慈善捐钱修建的一座敬老院落成之后，晓坤的父母便要求晓坤经常去敬老院做义工，希望可以在某种程度上感化他。

晓坤自然是不愿意的，可是敬老院的院长和晓坤的父母都是好朋友。就像人们常说的，钱多了，好朋友也就多了。因此晓坤有没有去敬老院，他的父母都是会知道的。如果他几天不去，那么他的零用钱将会被大幅度地减少。所以，晓坤只能经常象征性地去一下。

敬老院里有一位老人，看起来比其他的同龄人至少要老上十岁，还有些神志不清。据说是因为亲人的离世，受到了严重的打击所导致的。晓坤觉得她很像自己在梦里的姑姑，而这位老人每次见到他也都会亲切地拉着晓坤的手，但是会喊一个他从未听过的名字。不过晓坤并不介意，后来还会经常主动带着水果和一些好吃的糕点去看望老人，哄老人开心。

有一次去敬老院探望的时候，晓坤看见另一位陌生的义工正在照顾那位老人。晓坤走过去，漫不经心地打了个招呼。可是就在那位义工转过头的那一刻，晓坤一下子就呆住了。因为，她是叶子。有时候，人也像梦和其他的一些事物一样，想找的时候找不到，不找的时候却又在不经意间就出现了，应了那句："众里寻他千百度，蓦然回首，那人却在灯火阑珊处。"（辛弃疾《青玉案·元夕》）

此时，晓坤的心里似乎有着无数的想法，但是大脑却因为瞬间的巨大冲击而发生了"短路"，他感到欣喜若狂的同时却又莫名地僵在了那里，他甚至一度以为自己又是在做梦。不知不觉地，他的眼睛里开始充满泪水。"相顾无言，惟有泪千行。"（苏轼《江城子·乙卯正月二十日夜记梦》）

叶子看到晓坤的时候也愣了一下，但并不是因为她认识晓坤，而是因为她没想到会在敬老院看到一个染了头发，戴着耳钉，看起来玩世不恭的男生。叶子很不喜欢这样的男生，所以，虽然她莫名地对晓坤有点儿好感，但是那次见面，她什么都没有说，转身离开了。那个转身，晓坤刻骨铭心，不过这一次，晓坤追了上去。

之后的事情可想而知，晓坤开始疯狂地追求叶子，时不时地就开着跑车去找她，送一大束玫瑰花或者其他的东西。可是，叶子并不领情，从来不收晓坤的东西，而且很快就开始刻意避开他。一段时间之后，晓坤开始有些抓狂了。而且，他还不能和叶子讲他的"梦"来让这一切雪上加霜。因为当叶子问他："你有病吧？"他也不能回："你就是药啊！"

很偶然的一天，晓坤通过敬老院里的一位负责人了解到了叶子做义工的原因：叶子曾经深爱着一个人，而那位老人，是那个人的亲人并把他从小养大，可是后来那个人因为车祸死了，于是她就一直义务照顾老人。听说这些之后的晓坤不知道自己应该高兴还是应该难过。高兴的是，他非常确信叶子是深爱"他"的；难过的是，他也同样非常确信叶子是不可能爱上"他"了。

这个时候的晓坤完全彻底地失去了人生目标——在这样的条件下，他除了叶子，还能追求什么呢？而且，从来没遇到过是一回事，遇到了却得不到是另一回事。可是，从未失去过，又何来得到呢？

大喜之后的大悲，有着常人难以抵御的力量。所以那天晚上晓坤开车回家的时候，自导自演了一部"速度与激情"——即便不是在高速公路，却速度飞快，并且还不停地并道与穿梭。由于心情不太好，加之车速太快，以及刚下过雨，路有些滑，等等，车子失去控制冲向了路边的一对夫妻，发生了非常严重的车祸。我只能说，历史总是惊人的相似。

人生，似乎总是会出点什么问题，或这或那，或多或少。而死亡，则能够解决一切的问题。死亡似乎还有着某种特殊的魔力，可以在到来之前唤醒人的所有记忆。正如此时，晓坤眼睛里看到的，是之前所有发生过的一切，不管是梦也好，真实的也好，每一幕都在他的眼前清晰地浮现，然后彻底消失不见。此刻，对于其他人来说的弹指之间，对晓坤来说，却漫长得像几个世纪。

慢慢地，他不再怨恨命运，因为他想要的，命运都已经给了他。他想要的事业，想要的爱情，想要没有压力不需要奋斗的生活，想要的一切，最后他都得到了。他已经不知道自己还想要什么，并且很快也忘记了自己当初想要什么，忘记了自己为什么要一次又一次地重来，忘记了自己的"初心"。"求仁

而得仁，又何怨？"（孔子《论语·述而》）

就这样，**晓坤**闭上了眼睛，停止了呼吸。故事也结束了，不知道是晓坤自己不想重新开始还是他想重新开始却没有再被实现。

可是，这一切真的结束了吗？

生而为人

这个世界上不只有生命的消逝，还有生命的诞生，不是吗？正如村上春树在《挪威的森林》中的一句话："死并非生命的对立面，而是作为生的一部分永存。"

后晓坤死亡的时候，有一个婴儿在医院里出生了，他叫钱晓坤。虽然听起来好像有些前后颠倒，但是谁又能决定这个世界上事物的前后顺序呢？反正晓坤不能。另外，前或者后真的那么重要吗？真的有那么大的意义吗？

我是非常喜欢这个姓的，但是因为我喜欢散财，所以后面就没"钱"了，依旧只称他为晓坤。这已经很好了，因为后面你会发现很多人连名字都没有交代，不是他们不重要，而是恰恰相反，每个人都非常重要，那种足以影响一生的重要。

至于这个晓坤和之前的晓坤到底有没有什么关系，没有人知道，就由大家决定好了。大家可以把他们当成一个人，经历了诞生、受难之后又重生，正如耶稣的出生、受死与复活。或者也可以把他们当成两个人，仅仅是名字恰巧有些相同而已。当然，你还可以给他换个名字，一切取决于你。"名字有什么呢？把玫瑰叫成别的名字，它还是一样的芬芳。"（威廉·莎士比亚《罗密欧与朱丽叶》）

事实上，之前故事里的晓坤也不一定都是同一个晓坤，谁知道呢？不过，有一点可以肯定的是，这个晓坤和绝大多数人一样，出生的时候没有记忆，没有事业，没有爱情，没有含着金汤匙，也没有不死之躯，如果把拥有这些才算是有的话，那么他同样一无所有。

他出生在城市里一个普通的家庭。父母相亲相爱，但是也会有争吵，有时还会吵得很凶。他们的工作稳定，收入不算很高，但是也不需要拼命赚钱养家。晓坤小的时候很淘气，不过随着慢慢长大，也变得很懂事。他的学习成绩不算好也不算差。高考没有考上一流的大学，但是考到了一个他特别感兴趣特别喜欢的院系——哲学系。因为他从小就很喜欢思考，喜欢从与其他人不太一样的角度去看事物。

虽然晓坤喜欢哲学，但他并不是像一个书呆子一样整天待在宿舍看书学习或是陷入无尽的思考当中。在大学期间，晓坤会主动参加一些社团活动，也会利用假期勤工俭学。他做过服务生，送过快递，发过传单，也干过销售。并不是因为家里支付不起他的学费或者生活费，他只是把这些当作一种锻炼，一种经历，一种学习。

晓坤不算是一个乐观积极的人，他喜静，但是他每天坚持跑步。不是因为他喜欢运动，而是通过运动他可以排解掉很多的负面情绪和想法。同时他还不断培养自己在其他方面的兴趣爱好，例如弹吉他、下棋等。他当然也会做梦，但是基本很快就忘记了。有人说难得糊涂，有时候记得太多、知道太多、懂得太多不见得是件好事。

人各有志

生而为人，人各有志，有志者事竟成。

晓坤并没有开公司，也没有赚到很多钱，这样说是因为很多人都以为只有赚大钱的才能叫作事业。从某一角度来说，事业其实与金钱无关，它们只是恰好在一起而已。就像开心可以与笑无关，不开心可以笑，而笑也不代表就是开心，它们只是恰好在一起。

很多人都不知道如何选择自己的事业，可是选择事业的原则却很简单：选择你擅长并且热爱的，还有前提是不违背道德和法律的。不过，这同样看似简单，其实也很难。很多人过了一生都不知道自己擅长和热爱什么，或是只热爱但不擅长，又或是只擅长但不热爱。我个人会把是否热爱作为工作与事业的区别。

事实上，想找到适合自己的事业很容易，只要每个人先找到自己就可以。如果你想找到自己想要的，就必须先找到自己所特有的。人其实是有天赋这一说的，但不是只有少数人有，而是每个人都有。每个人在这个世界上都是独一无二的，不管是几胞胎也好，每个人都是特别的，都有自己的天赋。有时候，你可能看到别人很轻松地就成功了，而你在同样的甚至更好的条件下都有可能失败，很可能是因为那不是你的天赋或者努力方向。另外，如果实在找不到的话，那就去创造一个。好吧，我承认，这也很难，不过，这恰恰也是人生的意义之一！

再来讨论下成功的事业，从成功说起。很多人都认为成功就是要打败其他人，超越其他人并高人一等。这是不对的，其实这样不但损人而且不利己。成功，是不断地打败自己，不断地超越自己，不断增加自己的可选择性以及扩大可选择范围，这同样也是人生的意义之一。

而成功的事业其实和爱情一样，首先要有喜欢或者爱，不过这一点已经不重要了，因为几乎已经被大家忽略了，像一些爱情一样。其次是方向。再次是努力和运气。最后是坚持。

虽然我把坚持放在最后，但是我完全不否定它的重要性，我从不怀疑"只要坚持就一定会成功"这句话。我相信爱因斯坦如果没有去写相对论而是坚持经商，乔布斯如果没有去设计发展苹果而是坚持治病救人，他们也是会成功的。我相信任何人只要坚持做一件事情，都会成功。

实际上，坚持是上述所有的成功要素中，唯一必不可少的。你可以不热爱你的事业，就像大多数人一样。你可以走错方向，就像一个人在地球上不管是对着目标走还是背着目标走，只要坚持，都一定可以到达目的地，因为地球是圆的。你也可以不努力并且没有运气，但只要你坚持，前提是你的寿命够长，不考虑生计等问题，就一定可以成功。

坚持，其实是必然的另外一种表达。如果你坚持得够久，就一定能够成功，这是一种必然。所以，我丝毫不否认坚持的意义，我对坚持没有任何偏见，但是我对那些盲目把坚持当作真理并且随意传播的人有些意见。如果什么都是依靠坚持来取得成功，那么人根本就不需要有思想，不需要有智慧，完全无脑耗时间就可以。

同样被盲目当成真理的还有勤劳。勤劳没有任何错，勤劳同样也是成功的要素之一，然而也不需要过度放大勤劳的作用。都说笨鸟先飞，但是在飞之前，是不是应该先找找方向呢？飞错了方向，很可能在飞到目标之前就累死了。但是如果找对了方向，再加上勤劳，那才是如虎添翼，才会有成就感，才会更容易成功，才能够从中获得快乐。

其实勤劳只有用在重复和毫无创造力的事情上才能够发挥它最大的作用。也因此，从某个角度来说，勤劳的反义词，不只是懒惰，还有创造力。伟大的创新，大部分依靠的都不是勤劳，例如牛顿发现万有引力依靠的不是勤劳，爱因斯坦写《相对论》依靠的也不是勤劳。

然而中国人尤其推崇坚持和勤劳，中国的孩子从小就被家长灌输坚持和勤劳的理念，因为这种教育最简单，因为坚持和勤劳可以让孩子变乖，可以让教育和管理都变得特别容易。但同时，也就直接导致中国人失去一定的创造力。另外，即便在坚持和勤劳之后还是失败了，也可以安慰自己说，我已经尽力了，所以问心无愧。可是，问过大脑吗？

希望人们不要总是过于片面地放大某一类因素，这非常地不负责任并具有极大的误导性。因为我相信其他因素都有同等的重要性，例如天赋、热爱、方向、努力以及运气，还有信念等等，因为它们可以节省坚持的时间，增加勤劳的动力，因为人不能长生不老。更关键的是，一定不能抹杀了孩子的天赋和热爱。

这个时候，千万不要问我如何衡量一个人的事业是否成功，因为我除了说"一方面，不能用金钱来衡量，另一方面，就目前而言，只能用金钱来衡量"这种看似蛮不讲理的话之外，暂时不想做过多的回答。在这样一个一切看钱或者说唯钱的时代，也不知道人们什么时候才能觉悟，或者说还能不能觉悟。金钱本是由人发明并用来为人服务的，然而，当今社会却有多少人成了拜金者，并为金钱而活。

言归正传，晓坤大学毕业后，选择了硕博连读，再之后选择了留校当老师，他在哲学方面小有知名度。

他的事业，并不是一帆风顺。因为人们长久以来一直认为哲学是关于人的问题，是"人从哪里来，做什么，再到哪里去"的问题。可是晓坤的观点恰恰相反，他认为，从某种意义上来说，哲学其实和人无关。哲学与法律的区别就在于，哲学并不是由人建立起来的，就像这个世界并不是人造的，甚至不是为了人而造的，更加不是为了某个人或某些人而造的。晓坤戏称自己的哲学思想为"不实用哲学"。然而，他认为恰恰是这种"不实用哲学"才是真正的哲学，至少，相对客观很多。

晓坤经常告诉自己的学生要客观思考哲学问题。因为一旦把一个哲学问题混入了主观的事物，就无法回答了，这也是大家觉得哲学很难的原因。例如，很多人喜欢问"人为什么是人？"，晓坤觉得这个问题很可笑，因为这根本就不能算是一个哲学问题，甚至根本都不能算是一个问题。

当人们问这个问题的时候，都已经先在主观上定义了"人"的概念，然后问哲学，人为什么是人？哲学是没办法回答的。这是一个死循环，就像你给了我一个苹果，然后你问我为什么有个苹果？或者你干脆说我是苹果，然后你问我为什么是个苹果？

而苹果，只是偶然和必然成为苹果，就像人也只是偶然和必然成为人。而人，是不能作为人来思考"人的问题"的。一大类让人们想不通的问题都是这样，例如我为什么叫晓坤，他为什么是个伟人，等等。我并不否认任何伟人，例如牛顿。我只是希望人们明白"伟大"是人为定义的，因为从某种角度来说，牛顿的父母、他父母的父母、那个苹果、那棵苹果树、那天的天气等等，也都是伟大的，至少，也都是有意义的。

另外，如果牛顿当时因为种种原因没有成为"牛顿"，那么在若干年后，一定会有另外一个人成为"牛顿"，这是必然。而无论谁成为"牛顿"，在某种意义上，都是一种偶然，因此伟人成为"伟人"也同样既是必然也是偶然。顺便说一句，伟人也不是因为伟大才使他们的人生变得有意义，而是因为他们找到了自己的人生意义才变得伟大。

在哲学里，所有的事物，包括人，从某个角度来说，都是一样的，并无区别。但是如果从另外一个角度来说，所有的事物又都是独一无二的。人发现了某个个体与其他个体之间或是某个物种与其他物种之间又或是某个事物与其他事物之间的某种不同，又在主观上放大并且定义了这种不同，才会产生很多所谓的哲学问题。

说了这么多，哲学到底是什么？很多人以为哲学就是真理，就像是一把万能钥匙，从某种意义上讲，这是正确的。只不过，当人拿到这把万能钥匙的时候，却发现它只能打开自己的锁，或者只能打开别人的锁。是钥匙的问题吗？不是，是锁的问题。

或者更确切点说，是人们不会使用这把钥匙。哲学的确是一把万能钥匙，只不过，它不只对人万能，更不只对某个人万能，它对所有的一切都万能。

哲学告诉人们的是，宇宙中所有的一切，都存在相同，存在不同，存在联系，并且一切平等。世界上的万事万物，小到不能再小的微观事物，大到宇宙本身，都有其个性，又有其共性。就像人和人，每个人都是那么的特别，都是独一无二的，却又都是人。而所有的人，无论性别、种族、肤色、阶级等，都是平等的。人人平等不只是个理想，更不是只有说说而已，而是有着强大与完善的理论支撑。

其实事物之间的不同容易理解一些，正如哲学家戈特弗里德·威廉·莱布尼茨所说，"世界上没有完全相同的两片树叶。"但是事物之间的相同可能较难理解一些，需要具体情况具体分析，需要智慧和维度。

而事物之间的联系，绝大多数人也都是看不到的。并且有些时候，即便亲眼所见，也不一定就是人所想的那样，因为人的思维目前还存在很大的局限性。也正因为如此，人经常会误以为这个世界是人造的，甚至是为了人而造的。可是事实上，人只不过是这个世界的一部分，就像这个世界上存在着其他事物一样。

晓坤虽然强调哲学的客观性，但是他也明白，人毕竟是思考哲学的主体，并且作为哲学的一部分而存在着。哲学应该是相对纯粹的唯物主义，但是问题就在于，哲学需要回归到人才有意义。所以，当人思考哲学问题的时候，所有的唯物主义最终都会回到唯心主义上。换句话说，要把所有的客观问题主观化，否则哲学就没有意义了。不过需要特别强调的是，这里所说的唯心，是基于唯物的唯心，是在唯物基础之上的唯心，而不是单纯的唯心。任何人在认识世界的过程中，都一定是既唯物又唯心的。没有任何人能够绝对地唯物，因为人无法认识绝对的事物，而是完全都要基于相对性。并且人不是哲学，也成为不了哲学。

其实唯心不一定就是错的，发明创造就需要唯心，需要首先能够去想象这个世界上本来没有的事物。况且，否认唯心，从某种角度来说，其实就是在否定人自己。唯心主义也并不会因为全人类的否定而不存在，或失去它的意义。此外，无论西方的哲学家如何定义唯物和唯心，晓坤都有自己的看法，他只看问题的最本质。更何况，西方的哲学和思想不一定就是完全正确的，中国的思想才更接近真正的哲学。

哲学问题，相对应的就是"人的问题"。但是人类需要在客观了解哲学的基础上才能更好地了解人，才能主观去想人的问题。需要去判断，需要做选择，例如主次、好坏、多少等等，这些都是人的问题，不是哲学问题。哲学是不带有任何感情色彩，没有量的概念的。哲学不是人或者某种生命会思考、会判断、会算数。哲学中没有判断题，没有选择题，没有数学题，对哲学来说，只涉及一件事，就是存在或者不存在。如果不存在，那没有意义，所以它都不用选择是否存在，因为只有存在。如果存在，就一切平等，一切存在相同，一切存在不同，一切存在联系。

我们要学会尊重所有的不同，不管是对于个体之间的不同，还是对于物种之间的不同。另外，晓坤非常不建议人们去问"人从哪里来，到哪里去"这样的哲学问题，因为答案不是现在的人所能接受的。

哲学给人的启示是：人，要少一些自私自利，要尊重所有的不同，要善待周围的一切，不管是其他的人还是其他的事物。善待，是仁，而仁也是一种智慧。仁，不会帮人得到，但是"知及之，仁不能守之，虽得之，必失之"（《论语·卫灵公》）。

从人的角度来看，人类高于其他的生命；从另外的角度来看，人类并不高于其他的任何生命，甚至不高于其他任何事物，而是众生平等，万物平等。因此，在可以生存的情况下，对于任何生命，都不要虐待，不要伤害，不要恐袭，不要屠杀，不要战争，更不要毁灭。

志同道合

生而为人，人非草木，孰能无情。

晓坤并没有什么轰轰烈烈的爱情。他谈过 2.5 次的恋爱，而那 0.5 次，是单恋。

第一个女朋友是晓坤的大学同学，不过直到大三他们才在一起。开始于一次晚会，结束于大学毕业，开始于女生的表白，结束于晓坤提出分手。其实分手的理由连晓坤自己也不是很确定，他想过很多，但是来来去去都是三个字——不合适。可是晓坤又想不出来到底是哪里不合适。

实际上，两个人可以有各种各样的分手理由，但是本质基本都是一个，或者也可以说是两个：一个是自己想要的对方给不了，另一个是对方想要的自己给不了。有些人想要苹果，有些人想要橙子；有些人想要理想，有些人想要安稳；有些人想要物质多一些，有些人想要精神多一些；还有些人追求完美，有些人追求新鲜感……所以，看两个人是否合适其实很简单：自己想要的对方恰好可以给，同时对方想要的自己恰好也可以给，而且都给得不多不少。这其中就包括了性格、三观等等很多方面。要注意的是，"给"和"有"是两个概念。

然而，从另一方面来讲，想找到合适的人也很难，不是难在合适的人太少所以不好找，而是难在两种人：一种是不知道自己想要什么的人，就像当时的晓坤。所以，尽量多花些时间，先了解自己，要知道自己想要什么，要多少；要知道自己可以给什么，给多少，然后再去找别人。另一种是什么都想要的人，包括那些在不同的时期、不同的条件下，想要的都不同的人。其实，比较不容易找到爱情或是比较容易移情别恋的人一般都是完美主义者，他们太想要完美了。如果他们的强迫症也非常严重的话，那基本就可以下"病危通知书"了。这其中，就包括晓坤。

不过后来晓坤想了一个问题：如果对方已经非常完美了，那还要我做什么呢？

不要误会，晓坤并没有因此就排斥完美，追求完美没有任何错。但是，我们或许应该明白：首先，在这个世界上，我们很难找到一个人是和自己完美匹配的，更没有人是为了匹配自己而生的。其次，我们要寻找的，不是一个完美的人，而是一个可以完美彼此的人。另外，借此机会，和一些人真诚地说句："对不起！"

第二个女朋友是晓坤的暗恋对象，他们是偶然认识的。一天，晓坤思考一个问题思考了很久也没有进展，于是晚上的时候，他就想开车出去散散心。开了没多久看到远处的路边有一个女生，边走边回头招手打车，可是那个时间段是下班高峰，很难打到车。

走近一些之后，他发现女生手里提着高跟鞋，并且走路似乎很艰难的样子。晓坤也不知道哪里来的冲动，把车靠了边，提议送她回家。她当然是非常犹豫的，晓坤给她看了自己的驾驶证和身份证之后她才勉强上了车。到了女生的楼下，晓坤还扶她下车直到进了屋。

过了几天，那个女生打电话给晓坤，为了表示感谢请他吃了顿饭，后来慢慢就熟起来了。其实，晓坤对这个女生是有些一见钟情的，或者更准确地说，是有一种莫名的好感与亲切感。只不过当他了解到她已经有男朋友之后，就止步于朋友关系了，据说她男朋友是人工智能专业。后来那个女生和她的男朋友结了婚生了子，生活幸福美满，而她和晓坤则成为很好的朋友，一辈子的好朋友。

爱情，也需要运气。有时候既喜欢又合适的人虽然近在咫尺，但其实已经天各一方；或是两个相爱又合适的人不得不因为某些原因而分开；又或是有些人在不懂爱的时候遇到一个爱自己的人，等自己懂了，却遇上一个不爱自己的人；再或是有些人刚开始和对方在一起的时候不认真，等发现自己爱上对方并且开始认真的时候，对方却已经不爱了。就像有些人是慢热的，可以慢到什么程度呢？就是分手都已经好多年了忽然发现自己爱上了前任。还有些人热得太快，可以快到什么程度呢？对方还没开始，自己就已经结束了。太慢和太快都不太好。

女生为了表示感谢请晓坤吃饭的时候，还带了一位女性朋友，或许她是为了避嫌，或许她是有意栽花，又或许，她无心插柳，只是她们刚好有什么事情就一起去了。

吃饭的时候，聊到晓坤是学哲学的，而女生的朋友对哲学特别感兴趣，所以就希望和晓坤互换联系方式。晓坤的第一反应是拒绝，可是转念一想，或许自己可以通过女生的朋友来了解女生，也不是一件坏事，所以也就欣然同意了。

当然，他也很快就知道了这个女生是有男朋友的。不过，他起初还心存侥幸，想着或许女生会和男朋友分手也说不定，毕竟世事难料。于是，他便会偶尔有意无意地从女生的朋友那里打探消息，而她也都会如实回答。

时间长了，晓坤和她自然也就成了朋友，尽管他们两个人之间有很多不同的地方。例如，晓坤其实有些慢性子，而她是个急性子，还有些女强人的性格。晓坤喜欢一些略带伤感的东西，而她很喜欢心灵鸡汤一类的东西。她说晓坤喜欢看的小说什么的太灰色，晓坤说灰色才能让人思考，还说让人打鸡血的东西其实是洗脑的一种，会让人忘记思考。她觉得晓坤的人生观是悲观的，但是晓坤觉得恰恰相反，因为他自认为可以乐观地面对一切。晓坤则说她是过于刻意和强求的积极向上，反而体现了她对生活的悲观，因为她害怕面对失败，等等。

可是，这些都并不影响他们做朋友，有时候晓坤会约她一起出去吃个饭，也有时候是她叫晓坤一起去逛个街。有时候几天都不联系，有时候又经常在一起讨论问题。两个人虽然有很多不同，但是却从来没有发生过大的矛盾，因为他们都明白彼此之间的不同，都理解和尊重对方的想法，可能这就是君子和而不同吧。

当然，除了不同，两个人也慢慢发现了很多相同之处，例如他们都喜欢看电影，喜欢旅行，喜欢类似的音乐，有相近的品位，等等。同时，他们还有很多默契，喜欢一起讨论一些哲学问题。尤其是当晓坤有一些问题想不通的时候，她总能给他一些思路和灵感。有那么一段时间，晓坤的思想是不被大众认同和接受的，除了她。

实际上，这个世界上的任何两个人，总能找到些不同，也总能发现些相似。

有一次，晓坤去她家，她给他开门，邀请他进屋。那一幕，很普通，但是晓坤却有非常强烈的似曾相识感，而法语在这里可能更为贴切些——"Déjà vu"。也是在那一刻，晓坤忽然意识到，自己似乎很久都没有问过女生的消息了，同时也发现自己似乎爱上了女生的这位朋友。或许这就是日久生情，又或许是"前世的五百次回眸，换得今生的一次擦肩而过"。

当然，还有一些可能性，也是没有任何人能够否认的。例如，她才是"叶子"，或者，她就是她自己，并不是任何人的前世今生。而真相，真的有那么重要吗？"离一切诸相，则名诸佛。"（《金刚经》）

后来，他们结婚了。有些不可思议，不知道这是爱还是爱情。

其实爱和爱情是两个概念。爱更像是一瞬间的情感爆发，而爱情则是要从爱发展出情来，是更长久的行为。当一个人对另一个人说"我爱你"的时候，爱的确是存在的，或多或少，或真或假，但是这只是瞬时的，通常不具有时效性。所以，有些人才会通过不停地问"你还爱我吗？"来反复确认。

不过也有一部分人听过一次，就会认为那是一生。大多数闪婚的人，基本都是把爱当成了爱情，只是有些人之后发展成了爱情，而有些人没有。

还有很多男生可能会发现女孩被追到手以后就变得特别不可理喻。给这些男生一个小小的建议，如果真的爱一个人，就要做好追她一辈子的打算，哪怕是你们结为了夫妻，生了孩子，都变老了，而不是追到手之后就万事大吉了。不过，我也承认，

"说得容易"向来都是我的强项。

和大多数家庭一样，他们的婚后生活也有琐事、有争吵、有误会，但同时也有理解、有包容、有沟通、有让步，而且慢慢地，那些争吵与误会越来越少。当某些"有"多了以后，某些"有"就会减少，因为这个世界是守恒的。另外，很多吵过架的人都会遇到一种情况，就是赢了争吵却输了感情。所以，到底是赢了还是输了？其实无论输赢，都是自己的选择，只不过，有些人会选择输赢，有些人会选择感情。

像很多人对爱情的期待那样，他们最后白头到老。不过，经常也会有很多人把爱情和白头到老混为一谈。爱情，其实只是白头到老的前提，而且是个不必要的前提。能否白头到老还需要看两个人是否合适，还需要一些运气，需要理解和包容，需要努力和坚持。并且，白头到老还需要志同道合，也就是两个人可以为了共同的家、共同的幸福一起努力，形成"家庭命运共同体"，而不能同床异梦，貌合神离。

关于如何相爱，如何白头到老，这个世界也早就给了人们启示：两个人相爱其实要像两个人的爱情结晶一样。而两个人爱情的结晶是由双方各自的一半的染色体，也就是遗传基因重新组合的。所以，相爱也需要两个人各自的一部分来重新组建成有爱的家庭。

也就是说，每个人都要放弃自己的一部分，一些脾气，一些性格，或是一些习惯等，才能得到对方的一部分，才能与对方互补，从而合二为一，比翼双飞，百年好合。这个世界永远都没有只得到不失去，爱情也一样。尽管人们不能选择自己的遗传基因（非自然情况不讨论），但是人们却可以选择在婚姻中放弃什么和得到什么。

当两个人各自为了彼此放弃了自己的一部分，并用对方的一部分再补充完整之后，你们就很难再分开了，因为如果分开再去寻找新的另一半，可能会失去全部。有很多人坚持做自己，坚持保留自己的全部，那么就只有你的另一半为了你放弃或者牺牲大部分甚至全部的自己。可是如果是这样，爱情就会失去了平衡，而失去平衡的事物最终都是很难长久的。

事实上，如果说结婚之前更多的是"要什么"和"给什么"的问题，那么结婚之后则更多的是"丢什么"的问题。丢掉对方不想要的，但是丢掉是为了得到。可惜，大多数人都只想要，甚至可以给，因为即便是给了，自己也还有，但是却不想丢，哪怕是不好的。而这才是最大的人性弱点，并且不只限于爱情。也因此，婚姻就成了大多数人口中的围城和坟墓。

此外，我们的一生都在学习如何爱与如何被爱，没有人是天生就懂得的，特别是对于那些从小就很缺爱的孩子。我们要学会给对方时间与空间，学会理解与尊重，学会引导与沟通，学会告诉对方自己的真实想法以及自己想要什么。即便不可否认有时候两个人真的很难沟通，但是通常情况下也要比谎言好。因为谎言一旦开始，哪怕是善意的，之后都需要不断用一个新的谎言去掩盖之前的那一个，于是就会像滚雪球一样，越滚越大。

其实，两个人的感情出现问题的很大一部分原因是不信任，而不信任的很大一部分原因是误会。由于人们不同的经历、性格、情绪、思考问题的角度等，都决定了误会的普遍性，误会是不可避免的。这个时候，两个人最需要的就是沟通和坦诚地面对对方。不然，信任就像多米诺骨牌，建立起来很慢，但是推倒却非常快。

在白头到老的过程中，有一天你会发觉她不再像之前那样的温柔迷人，或是发现他不再像之前那样的体贴暖心。好比你买了一个特别喜欢的东西，你非常爱惜，可是它还是会旧，或者不小心弄了一些划痕、瑕疵之类的。然后，它就不再完美了。这种情况在所难免，无法规避。

晓坤曾经有一部手机，特别小心地使用，可惜，有一天还是把屏幕摔了一道小裂痕。最初晓坤是有些嫌弃的，可是他慢慢发现，那部手机不再像之前一样，是批量生产出来的，而是变成了这个世界上独一无二的。并且只有在那之后，那部手机才真正属于了他。为什么这么说呢？就是当几部手机放一起或是哪怕只有一部手机放在那里的时候，你不用去拿起来按一下才知道是不是自己的，又或是当你把手机忘在哪个朋友家的时候，朋友一看就知道是你的。所以，后来晓坤对它特别有感情。其实我承认，当初他是因为没有钱才没有换新的。这里也看出了钱的重要性，所以才有很多人都想做有钱人吧，可以随时换手机，或是任何自己想换的，例如，人。

不过，我必须要声明一下，我不是在建议大家把手机屏幕摔烂，而且我也明白弄个特别的手机壳或是小挂件也可以让自己的手机有辨识度。事实上，我根本就不是在讨论关于手机的问题，我在讨论"你的**爱情**"和"**你的**爱情"。

爱情，其实是很主观的、因人而异的。是每个人经过寻找，经过感受，经过成功与挫败之后，由每个人自己选择，由每个人自己决定的，就像每个人的人生意义一样。而不是由什么真理或者哲学决定的，没有所谓的真爱标准或是统一答案。爱情可以被定义为陪伴，也可以被定义为不伤害，还可以被定义为放手和离开，甚至是得到和占有。所以，一个人的爱情观，完全可能会与其他人有所不同，但是不同不代表对错。当两个爱情观不同的人遇到一起的时候，要懂得互相理解和尊重，如果真的不合适，分开和放手就好。

爱情虽然在人生中不可或缺，但也并不是人生的全部。而且爱了就爱了，尽量不要问为什么或爱情的原理是什么，它是人类的一种原始情感。

最后，我想说的是，在这样一个"有爱无情"的时代，以上所有的爱情理论都是纸上谈兵。

阖家幸福

生而为人，为子女，为父母。

晓坤的父母，都活过了一百岁，因为人类的医学后来已经有了极大的进步。由于各种科技的发展，家庭式的医疗仪器和可穿戴的健康监测设备已经开始慢慢普及了，很多疾病都已经可以在初期就被及时发现。例如，当时的马桶已经具有分析尿液和粪便样本的功能，并由强大的数据库和网络进行支持。人类已经不再需要定期去医院或者在发现问题之后才去医院检查，而是当人体日常排泄物中的一些指标变化出现较大波动的时候，数据便会立即被传送到医疗中心。

还有一些便携式的血液分析仪也已经在一些人的家里或是社区中应用起来，这种仪器的特点是无痛、快速，并且全自动化。如果各项指标正常，仪器会直接显示正常，但是如果发现存在异常的指标，数据也会立即被传送到医疗中心，结合排泄物的数据一同被进行分析。

此外，人类对疾病的治疗以及人类的外科手术等都达到了前所未有的水平。总之，诸多的医学进步使人类的死亡率大幅下降并且寿命也有所延长。只不过，人们虽然在身体上得到了较大的好处，但是精神和心理上却仍有很多问题。

精神和心理出现问题有很多的原因：肉体上的损伤、言语的刺激、意外的打击、失去亲人等，这些都会造成精神和心理上或多或少的创伤。尤其是在这个"杠精""键盘侠"和"水军"满天飞的时代，精神伤害可谓随处可见、比比皆是。人对人的肉体伤害可以避免，但是人对人的精神攻击几乎是无法避免的。有些人创伤可以很快恢复，有一些人创伤恢复则需要很长的时间，甚至是不可逆的。这些创伤如果得不到及时治疗，还会不断累加。

不管大家承认与否，每个人在成长的过程中都多多少少会存在一些精神和心理问题。再加上人类死亡率的下降和寿命的延长，会使人类的精神与肉体之间的不匹配程度持续不断地增大，最后产生脱节，造成非常严重的后果。

相当长一段时间以来，人们把更多的注意力集中在身体上，却忽视了精神和心理上很容易产生的异常，因为它们看不见、摸不到。然而，精神与心理问题实际上是与肉体同等重要的，甚至从某个角度来讲，精神和心理问题要远比任何肉体疾病都可怕得多，因为肉体疾病只涉及病人的生死，而精神和心理问题还涉及其他人的生死。

精神和心理问题会导致自杀，例如带着一整架飞机坠毁、犯罪、恐怖袭击等事件的增多，以及直接或者间接引发战争的风险。如果不加以重视，精神和心理问题有一天会超过肉体疾病成为人类的主要问题。然而，精神和心理治疗不能强制，需要自愿才行。这里也倡议大家能够多投一些钱给正规的医学研究机构并设立更多的心理医院。

晓坤和爱人生了一对龙凤胎，女孩是姐姐。

有人早早就生了孩子，也有人晚婚晚育，还有人代孕或者做了丁克。不可否认，怀孕和生产的过程是痛苦的，但是更不能否认的是，孕育生命是个非常奇妙的过程，是独一无二、无可替代的人生体验。

两个孩子在成长的过程中也遇到过很多的问题，也像所有人一样，有好有坏，有成功有失败，有开心有失落，得过疾病但是也被治好了。

他们长大后，也都各自成家立业，结婚生子。女孩长大后选择了医学作为事业，把治病救人当成自己的人生使命和意义。男孩长大后做了应用物理学方面的研究，主要研究飞行器的稳定性和安全性。

如果说晓坤的一生都在思考哲学，那么他的女儿则更多的是智慧，而他的儿子则更多的是文明。

岁月静好，安然若素。

故事的最后，当然是晓坤的生命结束了。有开始，就会有结束。至于他在生命结束之前，是否想重新开始自己的人生，应该就只有他自己知道了。有一点毫无疑问：有结束，就一定有开始。开始于结束，结束于开始，开始是结束，结束也是开始。

下篇

人生与命运

经历了这所有的一切，晓坤终于开始领悟人们常说的"命中注定"。事实上，除了人出生之后的死亡，其他没有什么是"命中注定"了的，一切都是自己的选择外加其他人的选择。

而人生中的任何一次选择都会影响整个人生，只不过，这个影响有大有小，小到可以完全忽略不计，大到可以持续一生，甚至瞬间就可以决定生死，自己的或是别人的。不过，大多数的影响，人都是看不到的。就像人们看不到一场大病有可能会避免一次死亡，看不到一次转身就有可能生死相隔，看不到蝴蝶效应的普遍性，看不到一切事物与事物之间都是有联系的。

总之，没有人命中注定要遇到什么人，或是遇到什么事，一切都是偶然。然而，如果从另外一个角度来讲，一切又都是必然，但是他并不想用"命中注定"这个词，因为命中注定的前提是，生命要足够长。

简单来说，必然就是人生如果可以重新开始的话，假设所有的条件不变，所有遇到的人，所有发生的事都不变，那么结果还是会一样，这是一种必然。但是，如果人生真的可以重新开始，那么所有的条件都会保持不变吗？不会，因为这个世界有太多的变数。在这个世界上，唯一不变的就是变化，任何事物都无时无刻不在某一层面发生着变化。另外，自己的所有选择也都有可能会发生变化。所以说，之前的那个结果又是一种偶然。偶然的必然，必然的偶然。晓坤的几个故事就是必然与偶然的充分体现。

不过一定会有人认为必然与偶然是矛盾的，但是客观上，必然与偶然之间没有任何矛盾。因为偶然发生的事同时又是必然会发生的，必然发生的事同时也是偶然会发生的。

这里举个相对简单点的例子来解释必然与偶然。我们假设在一个非常理想化的情况下，一个人的生命足够长，并且可以无限期地买彩票，可以买几千年、几万年甚至数亿年，那么他是一定可以中奖的，这是必然。也就是说，中奖是一种必然。但是他并不是每次都能中奖，所以说中奖又是偶然。

人们通常所说的缘分，也是必然与偶然的体现。如何理解呢？我们假设两个人能够活得足够久，或者取个极限——永生，那么他们是一定可以相遇的，哪怕一个在南极，另一个在赤道或者北极，哪怕他们分别在宇宙的两侧，这是必然。事实上，大家根本不用动太多脑筋来想这个问题，更不需要电脑来模拟，只要把一个人的子孙当成这个人生命的延续就好了，最初住在北极的因纽特人已经与本来住在赤道的"赤道人"相遇了。甚至就连南极的企鹅和北极的熊都可以相遇，更不要说人了。

不过，这一切的前提都是一直存在着。而问题就在于，人不能长生不老，不能永生，而且还有很多可预知以及不可预知的影响因素。所以，两个人的相遇又可以说是偶然。也就是说，缘分是必然也是偶然。要珍惜好的缘分，同时也坦然面对有缘无分。因为有时候，即便两个人相遇了，你选择了别人，别人也有可能不选择你，就像"拥有一切"里的晓坤一样。

而人生其实就像买彩票和缘分，既是必然也是偶然。正是由于必然性的存在，才使得**一切**皆有可能；也正是由于偶然性的存在，才使得一切皆有**可能**。时间与空间会将一切不可能变为可能，或者，将可能变为不可能。

而人生的舞台其实是由所有的人通过所有的事和物直接或者间接搭建的。抛开法律和责任不谈，仅仅从一种客观和哲学的角度来看，那么之前来到过这个世上的所有人，加上之前发生过的所有事，甚至是天气，等等，所有的一切才导致了最后的结果。就像如果人们没有发明汽车，后晓坤可能就不会死于车祸。当然，那完全是另一种情况了，但是谁也无法否认这一切都是存在某种联系的。

总之，在这个世界上，没有哪一个人，哪一个事物是单独发挥全部作用的，结果发生之前的任何一个人或是任何一件事如果改变，都有可能会导致最终结果的改变。正如晓坤的故事里，如果他或是他身边人的任何一次选择做了改变，都有可能会改变故事的结局，但是很多人往往都只能看到结束之前的那一到两次选择。

另外，所有一切的结果又都会成为之后所有一切的原因。换句话说，一切都是因，一切都是果。然而，当一切都是因，一切都是果的时候，又哪里还有什么因果。人们在主观上所认为的因果，在客观上只不过是事物与事物之间的客观普遍联系罢了。

不过，这样的说法完全不是在否定因果关系，相反，这恰恰证明了因果关系，其中就包括了人们常说的善恶有报。有些作恶的人，想着"今朝有酒今朝醉，大不了一死，二十年后还是一条好汉"。可是，死了就可以跑出地球了吗？重新投胎就一定还是人吗？有谁知道这一世的福报是不是前几世修来的呢？又有谁知道这一世的作恶不会给下一世带来恶报呢？

任何作用都一定是相互的。你爱过的，总会以某种形式或者某种方式回到你身边，把爱还给你，或早或晚；你伤害过的，也总会以某种形式或者某种方式回到你身边，把伤害还给你，或快或慢。因此，"Do to others as you would have them do to you"（《圣经》）。

有些人会认为自己的人生一无所有，可是事实上，没有人是一无所有的。觉得自己什么都没有的人，只是看不到而已，需要一个合适的角度去寻找。还有些人永远也不满足，什么都想得到。认为自己没有钱和权力，就去追求钱和权力；等有了钱和权力，就去追求爱；等有了钱、权力和爱之后，就想追求长生不老。可是，能长生不老的那是石头。或者也可以说是癌症，因为"如果从一种执拗的意义上说，癌细胞也在寻求长生不老"（悉达多·穆克吉《众病之王》）。所以，这个世界上除了没有人一无所有之外，人们还需要认识到，没有人，甚至没有任何事物，是可以拥有一切的，除了"一切"本身。

尽管如此，人肯定要有所追求的。只不过，当人永无休止地想要得到的时候，到底是证明了人的积极上进还是体现了人性的贪婪与虚荣？积极的态度或许应该源于对生活的热爱和对自我的严格要求，并在不断自我蜕变的过程中，找到自己的追求，而不应该源自欲望、贪婪、嫉妒、执着或是不满足。"心有所住，皆为非住，应无所住，而生其心。"（《金刚经》）

另外，当人得到一些东西的时候，也会失去一些东西，这是一定的，或早或晚。当一个人想要得到钱的时候，他也就成了钱的崇拜者。当一个人得到了名声，他也会受到名声的限制。

即便人可以只得到不失去，那么又有多少人想过得到以后呢？得到以后，就真的属于你了吗？人的身体大约有"无数的"细胞（请原谅我数学不好，没数过来），你认为它们都是属于你的，可是如果某一天，它们病变了呢？那个时候你觉得是它们属于你还是它们组成并支持着你？还有，人类依靠基因遗传，那么人类是基因的载体还是主体？是人类利用了基因进行遗传，还是基因利用了人类不停地复制？关于这个问题，绝大多数的人都会毫不犹豫地认为是人类在利用基因进行遗传。然而，从个体的角度来讲，人是一定会离开这个世界的，但是他的基因却仍然能够以某种形式留在这个世界。不过，讨论这个问题似乎没有任何意义。晓坤想说明的是，你认为你的身体是你的，可是身体真的属于你吗？你认为你的基因是你的，可是在你之前和之后，基因又属于谁呢？更何况是你的爱情与事业，金钱与权力。所以，到底是你得到了爱情和事业、金钱与权力，还是你通过这些来成就自己？

人所得到或是拥有的一切都不是真正属于人的，人只是"暂为保管"而已。并且连"你"，最终都会不属于"你"。这有些残忍，但是这也是事实。从某种意义上来说，人生没有得到，只有参与同时也被参与。而从来没有真正得到，也就没有真正的失去。当然，"你"也有可以留存于世的，例如，名声。可惜，当今的时代，已经很少有人在乎这个了。

至于"你"的命运，也是由"你"，加上"其他一切"在一起共同决定的。"你"作为一个因素，"其他的一切"也只是作为一个因素，可以理解为环境因素。并且这两个因素对一个人命运的影响是等同的、相互的。既不能忽视"你"在自己命运中的重要性，也不能否认确实存在"你"无法控制的人和事还有物。

这里再举个例子，延续刚刚买彩票的例子。如果中奖是一种必然，那假设一个人一直不买，又如何发生这种必然？其实这个问题恰好说明了人和自己的命运是如何相互作用的。在一个人必然与偶然中奖的那一次，他是必然与偶然会中奖的。但是那一次，他选择了买或者没有买，对他来说，就是两种命运。而从广义来讲，人生的每个选择其实都像是在买彩票。例如，晓坤父母车祸的那一天，如果他们因为种种原因选择了去加班或者不去加班就是两种命运。又如，一架要失事的飞机，一个人选择上和不上就是两种命运……所以，一方面，人无法掌控自己的命运；另一方面，人又完全掌控着自己的命运。

实际上，很多人问自己的命运，是想知道命运会带给你什么？而答案是，命运什么都不会给你，却又什么都给了你，因为命运把命给了你，给了你做选择的权利。而你，只会成为你这一次，所以，要好好珍惜你自己。此外，你的选择不只会影响你自己的命运，同样也会影响其他人的命运，甚至毫不夸张地说，会影响其他的一切。因为你也属于其他人命运里的"其他一切"那一个因素，所以，请慎重做出你的选择。

其实绝大多数的人在做选择的时候，都是以利益为出发点，有些人尤其是以自己的利益为出发点，人之常情。不过晓坤想说的是，人生的意义不是无休止地追求或者竞争，而是不断提升自己、超越自己，不断增加自己的选择性和选择范围。让自己本来没有选择的时候可以多一些选择，有选择的时候能够做出更好的选择。尽管这些选择可能依旧会与利益挂钩，但是，出发点有所不同。

总之，不忘初心，开心快乐地生活，珍惜善待自己所拥有的，并且有选择地追求自己想要的。最重要的，是懂得感恩，学会生活。

人生，可以很复杂，需要不断寻找和选择，寻找和选择合适的爱情，事业的方向，正确的人生态度，健康的人生观，价值观……同时又伴随着别无选择。人生，也可以很简单，只要简简单单生活就好。

生活与引导

命运把命给了人，那么总有些人命好，也总有些人命不好。命好的人，在生活中总想更好；命不好的人，在生活中总想改命。然而无论好坏，人生下来，就都要活下去。人无法选择自己的出生，但是却可以在一定程度上，或多或少地选择如何生活。只不过，如何选择生活，选择如何生活，对很多人来说都是个大问题。

这个问题，晓坤经常会和自己的爱人一起思考和讨论。他们也会找一些人生哲学的书来看，但是他们发现这些书似乎都不能完全适用于所有的人，甚至都不能完全适用于他们两个人。例如一些成功学的书，虽然初衷可能是好的，是想激励别人努力地、积极地生活，并且对晓坤的爱人来讲是很有效的。但是这些书对晓坤而言，就像是在被洗脑，或是在被催眠，又或者是让人自我催眠。所以，晓坤在看书学习的同时，也会不断训练自己的独立思考能力。而他的爱人，其实也不是唯书的，她只是从书中汲取自己想要的那一部分精神力量而已。"尽信书，则不如无书。"（《孟子·尽心下》）

然而，这个世界，总有一部分人好为人师，也总有一部分人随声附和。很多人可能都看过这样一个故事：飞机上，乌鸦对乘务员说，"给爷来杯水！"猪听了也学道，"给爷来杯水！"

于是乘务员把乌鸦和猪都扔出机舱，乌鸦笑着对猪说："傻了吧，爷会飞！"当然，没有人规定会飞就不能坐飞机，就像没有人规定会做人的人就不能做人一样。"疯子带着瞎子赶路，本来就是这个时代的一般病态。"（威廉·莎士比亚《李尔王》）

从某个角度来说，人需要统一的制度，统一的法律约束。然而，从另外一个角度来说，如果所有的人都有统一的思想，统一的行为准则，统一的生活方式，那人就不是十月怀胎出生的了，而是批量生产出来的。即便存在所谓的标准答案，关于爱情，关于事业，关于人生意义，又或是关于人生态度，等等，人也很难像机器人一样去严格遵守，不是吗？因为这才是人类。人没办法像控制机器人一样，编写一个统一的计算机代码或是程序，然后让所有的人都去认可并执行。更何况，"天下皆知美之为美，斯恶已。皆知善之为善，斯不善已"（老子《道德经》）。

这个世界似乎没有任何绝对正确的答案。所以，在一个人能够分辨对错好坏之前，尽量不要盲目地学习或者追随别人。不是所有的道理和经验都可以拿来就用，适用于别人的不一定适用于自己。在这个世界上，几乎没有什么道理或者经验是百分之百适用于所有人的，也没有什么人生哲学是绝对正确的，关于人生态度也好，生活选择也罢，皆是如此。

积极上进的人可以勇往直前，消极悲观的人也可以厚积薄发；有些人，有些时候，需要正能量才能茁壮成长；有些人，有些时候，需要负能量才能涅槃重生；有些环境，需要人静，有些环境，需要人动……大家要知道自己属于那一类人，处在哪个阶段，周围什么环境，等等。

又或者，消极的人时常努力让自己积极一些，积极的人有时候也可以让自己放松一下；理性的人可以学着感性一些，感性的人可以学着理性一些；懒惰的人勤劳一些，勤劳的人也可以适当多休息一些……人要达到的比较好的状态是可以在两个对立面之间随意游走，使之统一起来。像是人的呼吸一样，有进有出，自然平稳。如果大家认为这样太中庸，那么可以试着挑战一下把两种状态全部发挥到极致的境界。例如，可静可动，"静如处子，动如脱兔"（《孙子·九地》）。

仅仅追求单一的事物，例如一味地追求快，一味地追求物质，一味地追求唯物，一味地追求正能量，等等，无论是什么，都会失去平衡，从而出现问题。这个问题不一定是马上就能被发现的，但是很多时候，等发现了再想回头可能已经来不及了。

和所有人一样，晓坤和爱人在生活中也会遇到很多问题。例如，他的爱人在工作中曾经遇到过这样的一位领导，这位领导是在快退休的时候空降到晓坤爱人单位成了领导。这位领导的德行借用伟人的话来描述，就是有些个人主义，表现为报复主义、小团体主义、雇佣思想、享乐主义以及离队思想。他记仇，只要提出过与他不同的意见，他就会记着然后找机会报复。他还一直培养亲信，并且只培养亲信，打压排挤异己，只要不是自己招来的人几乎全部被排挤到离职或转岗。这位领导还有些贪图享乐，为了摆脱束缚，一直想成立一家独立的子公司，认为这样就可以一手遮天。

至于他为什么可以当上领导，那是因为从客观来讲，在他的领域，他还是有些权威的。不过，比起小人得志，老人得志的隐患在于：当一个人平凡了一辈子，到了要退休的年龄忽然就有了权力，那么一方面，之前积压的所有不甘也好，委屈也罢都会被瞬间释放甚至是传递给员工，同时野心迅速膨胀，认为自己终于可以大展宏图；另一方面，也已经到了为了达到目的，可以无所顾忌，甚至不择手段的年纪了。

晓坤安慰自己的爱人说："生活嘛，总能够遇到好人，也难免遇到一些不是那么好或者说对你不是那么好的人。遇到好人，要懂得珍惜。遇到不好或是对你不是那么好的人，也不要难过，可以勇敢面对，积极沟通和交流，化解矛盾，实在不行，惹不起还躲不起吗？"

在这件事情中，晓坤的爱人选择了后者。毕竟，"千里马常有，而伯乐不长有"（韩愈《马说》），而且她也不是没有尝试化解，但每个人都有自己的角度、想法和认知，并且对于一些人来说，是无法被改变的。更何况她也不是没有更好的选择，而且道不同不相为谋。更重要的是，如果一个人做不到厚德载物，是早晚都会摔倒的，甚至可能晚节不保，正如之前所说的"仁"。此外，也没有任何人可以高人一等，高高在上。

晓坤和爱人不仅要在自己的人生中不断思考命运和生活，还要教育他们的两个孩子。不过，他们都不喜欢教育这个词，他们更喜欢引导。因为正如之前所说，他们认为自己并没有绝对正确的道理来教育自己的孩子，抑或是，任何人。

他们的女儿性格善良仁义，同情心极强，很容易就能够感同身受，并且悟性极好，不过有些内向，反应也相对较慢，同时学东西也相对慢一些。他们的儿子则聪明伶俐，而且性格外向，反应很快，无论大事小事总喜欢和姐姐争第一。关键是，他学什么都很快。这曾经一度让女孩非常烦恼，甚至有些自卑，认为自己很笨。慢慢地，她便一直跟在或者说躲在弟弟后面。而男孩则是经常时不时地冒出些鬼主意，带着姐姐一起闯祸。

有一天，弟弟带着姐姐偷拿了家里的东西去卖了钱又买了些玩具。于是，晓坤和爱人一起把他们叫到身边，先是温柔地对女孩说："其实这个世界上呢，没有绝对很笨或者绝对很傻的人。有些事情做不好只是因为那些不是你擅长的，不是你的天赋而已，某些事情做不好是不能否定一切的。智商说明了一部分问题，但是智商也只说明了一部分问题。不要盲目崇拜高智商，有时候，高智商的人才会把人'带沟里'。其实你很有智慧，所以一定要自信起来，要有主见。"

接着，晓坤又看着男孩并且严厉地说："但是，也不要自信得太过了，这个世界上并没有谁比谁绝对的聪明，任何人都不要太自大了。这个世界天很高，地很厚，而且人外有人，天外有天，要学会尊重。有个成语叫作大智若愚，你回去自己查一下是什么意思。同时，也可以顺便查查大方无隅、大器晚成、大音希声、大象无形，以及大成若缺、其用不弊、大盈若冲、其用不穷、大直若屈、大巧若拙、大辩若讷。"

当一个人觉得另一个人很笨或是很傻的时候，其实有两种情况：一种是前一个人比后一个人聪明太多，另一种是后一个人比前一个人聪明太多。因为这两种情况都会导致沟通不畅以及其中一方对另一方的难以理解。这就像春秋时节，穿短袖的与穿毛衣的相遇了，然后可能都会在心里说一句傻。不过这个例子中是说大家体质不同，而前面是说大家智商不同。

一个人被淹死了，旁边游过的智商还不到十的鱼可能会吐个泡泡，但是在泡泡里有这样几个字："这个东西（不好意思，鱼太傻，不知道人是什么，教过它们无数次这是大名鼎鼎的人类，可是它们怎么都学不会）是不是傻？连游泳都不会。"可是，人傻吗？

鱼缸外面的人，看着缸里游来游去的鱼，认为很傻；而鱼在鱼缸里，看着外面忙忙碌碌的人，也认为很傻。聪明和傻，其实并不容易区分。那些特别聪明的人，总是能通过各种方法不断得到，可是很多聪明人最后都聪明反被聪明误，到头来竹篮打水一场空，甚至作茧自缚。而那些很傻的人，总是被聪明人欺负，但是人们却常说"傻人有傻福"。所以，傻人真的傻吗？从某种角度，傻人其实是聪明的，但是傻人傻就傻在没意识到自己的聪明，可是这样也挺好。

不过，这些话，晓坤是没有对孩子们说的。而是对他们一起说了另外一番话："在这个世界上，没有人绝对的聪明，也没有人绝对的笨或傻；没有全能的人，也没有完全无能的人；没有人可以拥有一切，也没有人会一无所有。人与人之间都只不过是意识不同，擅长不同，天赋不同，能力不同，角度不同……也包括维度不同。正如我一直在强调的，一切事物与事物之间只是有相同有不同而已。你永远都可以找到别人有而你没有的东西，你也永远都可以找到你有而别人却没有的东西。例如，有些人记忆力好，有些人协调性好，有些人想象力好，有些人逻辑性好，还有语言能力、反应能力、乐感、嗓子、耐力、情商……，当然，还包括了长得好、智商高。只要找对方向，找到自己的天赋和擅长，每个人都可以成为最强大脑。《孟子》里有句话，叫'人皆可以为尧舜'。"

女孩听了似懂非懂，没有说话。而男孩则很是不服气："我就是比她聪明，比她强，而且我要一直比她强！"

男孩还小，还有些无知。有时候，无知是一种精神，无知者可以无畏，他们会认为这个世界上的生物，包括所有人都不过如此；但有时候，无知者很可怕，自以为是的可怕，他们会认为这个世界上的生物，包括所有人都不过如此。

"你只是在某些方面比姐姐强而已，而且，你也只是比姐姐强而已。这个世界很大，有很多人，你能做到比其他所有的人都强吗？"晓坤说道。

男孩没有说话。

晓坤的爱人这时说道："其实这个世界不是处处都需要比较。你要证明自己，不是通过和别人的比较，而是不断和之前的自己比较。所以，不要处处都和别人比，更不能不择手段地和别人比，不仅损人，而且不利己。"

男孩倔强地点了点头。

当今社会，是个充满竞争与内卷的社会，导致很多人崇尚竞争，同时认为一些传统思想是无用的，例如仁义善良，谦恭礼让，甚至倡导对这些思想进行抵制与摒弃。可是，这到底是思想的问题，还是社会与人的问题？

人生其实就像一场运动会，不管你同意或者愿意与否，在出生的那一刻，就已经报了名。但是这场运动会有着非常多的比赛项目，你可以选择自己擅长和喜欢的，当然也可以选择自己不擅长或者不喜欢的。并且和比赛一样，第一名只有一个，但是比赛的精神是重在参与。

事实上，这场运动会为每个人都设置了一个相应的比赛项目，看你能否找到它。它甚至允许你创立自己的项目，选择自己的主场，做自己的裁判来判断输赢。而赢得比赛的奖品也不是金钱，不是名声，不是爱情或者事业，而是你最终会成为一个怎样的你。是当你去珠宝店的时候，可以选择买大的钻戒或是小的钻戒；当有一天你或者家人病了，你可以选择最好的治疗方式；当你工作很不开心的时候，你可以选择换一份工作；当爱情与事业出现矛盾了，你可以选择换一个事业，又或者是，爱情；等等。但是这些，不是依靠把别人作为目标来获得或者实现的，而是通过不断提升和超越自己。人生，就是人在不断做出选择的过程中努力突破自己得到蜕变和重生。并且，最终给自己一个存在过的证明，但是不证明给其他任何人，只证明给你自己。"上善若水，水善利万物而不争。"（老子《道德经》）

不过，当前绝大多数的人都把生活当成角斗场，而不是运动场。运动场上，大家欢天喜地，互帮互助，友谊第一，比赛第二；角斗场上，有人笑就会有人哭，有人生就会有人死。然而，无论生的人笑得有多开心，最终都将"尘归尘，土归土，及尽繁华，不过一掬细沙"，"Ashes to ashes, and dust to dust; in the sure and certain hope of the resurrection unto eternal life"（《圣经》），留下后世对其客观公正的评价。

事实上，无论是运动场还是角斗场，竞争与内卷都是不违反比赛规则的，只不过，目的不能是自私的，不能是打败甚至是打倒竞争对手，更不能是置对手于死地而竞争。而是要形成良性竞争，胜利者帮助失败者，并交替循环下去。一家独大，对个人，或是对某个企业来说，短期内是好的，但是从长远来看，对整个社会来讲，不见得是件好事。

人生百态，生活也有好有坏。有些人勤劳，有些人懒惰；有些人聪明，有些人仁义；有些人自强不息，有些人自暴自弃；有些人兢兢业业，有些人玩世不恭；有些人为自己活，有些人为别人活；有人一顿饭就可以吃掉别人一辈子赚的钱，有人食不果腹；有人选择困难，有人别无选择……不过，似乎这个世界的大多数人都认为自己生活得不好。但其实其中很多人都生活得很好，只是无法被满足，并且还有虚荣和嫉妒心作祟。我只希望其中那些真正生活得不好的人不要想不开，更不要放弃，可以换个角度重新看待生活，并且相信这个世界有一天会变得更好，更加和谐友善。

　　还是在晓坤的孩子上初中的时候，有一次期末考试。考试前几天的一个晚上，他的女儿做了两个梦。第一个梦是她在墙上种白菜；第二个梦是下雨天，她戴了斗笠还打伞。所以第二天早上全家人一起吃饭的时候，她就把梦和大家讲了下。弟弟听了马上就露出了坏笑并说道："这说明你这次考试要考砸，你看，高墙上种白菜不是白费劲吗？戴斗笠打伞不是多此一举吗？"晓坤的女儿听了，难过得连早饭都快吃不下了。

　　这时晓坤的爱人马上对女儿说："我倒是认为你这次一定能考好。你想想，墙上种白菜，不是高种吗？戴斗笠打伞不是你这次有备无患吗？"女儿一听，好像母亲的话也很有道理，于是吃了饭就继续精神振奋地复习考试，最后考了个很好的成绩。

　　考试之后的某一天，他们一家人在一起聊天，无意中又提到了这件事。于是晓坤对他们的孩子们说："当你们在生活中遇到困难，或是有想不开的事情的时候，可以尝试换个角度，任何一个事物都一定有而且至少有两个相对应或者说相反的角度，例如有好，就会有坏；有上，就会有下。而你们能看到或是找到的角度越多，你们的站位也会越高。"

这些话使两个孩子在日后的工作和爱情中，都受益匪浅，因为没有任何人的生活是一辈子都一帆风顺的。

两个孩子其实经常会给父母出难题。有一天放学回家，他们问了晓坤那个可以说人类历史上最经典同时也是最难的问题之一："鸡与蛋先有谁？"

其实关于这个问题，晓坤之前不是没有想过。晓坤发现人们在提出这个问题的时候，至少犯了两个常识性错误：第一个，忽略了一切事物之间都是有联系的。当人们把两个事物单独拿出来讨论而忽略了它们与其他事物之间的联系的时候，或者用一个简单但不准确的说法，忽略了环境的时候，一些问题就会变得很难回答。在地球上，"鸡"和"蛋"哪个都有可能先出现，取决于地球当时的环境以及人们对"鸡"和"蛋"的定义。

但是，如果把这个问题当作一个哲学问题，就要从哲学的角度来回答，那么就不得不讨论另外一个常识性错误，就是把"鸡"和"蛋"看作了两个完全独立的事物。可是不要忘记，鸡"蛋"是由"鸡"孕育的，"鸡"也是由鸡"蛋"孵化出来的。它们一定（必须）要在某一（段）时间以"一体"的形式存在。正如电磁波中的电和磁之间一定有"重叠"的部分，并且电也可以生磁，磁也可以生电，它们先有谁都可以，却又是一个不可分的整体。

同理，鸡与蛋也是一样，在某种意义上，它们一定是"同时"出现的——在"鸡"诞生的那一刻，也就意味着鸡"蛋"

的诞生，或者在鸡"蛋"诞生的那一刻，也就意味着"鸡"的诞生，难道不是吗？如果诞生的"鸡"不能生下鸡"蛋"，或是诞生的鸡"蛋"不能孵出"鸡"，那么谁先出现都没有意义，这就是一种意识。

所以，晓坤问他的两个孩子："你们说，如果世界上所有'鸡'都不能下'蛋'，又或是鸡'蛋'不能孵出'鸡'，会怎样？"

女孩想了一下，有些迟疑地说道："那就没有鸡或者蛋了？"

男孩听了女孩的话，眼前一亮，马上就接着女孩说："它们都没有了。"

"是的，如果世界上所有'鸡'都不能下'蛋'，又或是鸡'蛋'不能孵出'鸡'，那么它们各自就都不能持续存在下去。它们是一体的，这是本质，也是表现，因为它们一定会有段时间的表现就是一体的。因此，它们并不是简单的谁先谁后的问题，而是它们共同存在共同消失的问题，没有人能够把它们完全分开。它们就像你们出生的时候一般都有两条腿，只不过走起路来是一前一后，并且在这个过程中，两条腿一定也必须要有'交错'的时刻。"晓坤其实很想举电和磁，或是"阴"和"阳"的例子，但是怕他们听不懂，所以换成了人的两条腿。

晓坤继续说："'鸡'和'蛋'是个循环，而一切循环都是以一体的形式来存在的。其实类似'鸡'和'蛋'的问题还有很多，例如，在生命起源过程中，基因和蛋白质谁先谁后？男人和女人谁先谁后？等等。人们很喜欢纠结先后。可是，先后对人类真的有那么大的意义吗？就像一个人走路，先迈左腿或是右腿真的那么重要吗？先迈另一条腿就不能走路了吗？"

根本就不需要通过什么真理，仅仅是通过人，就可以解释很多事情。所以说，真理其实一直都在人的身上，可是人却带着真理寻找真理。不过需要注意的是，晓坤在举任何例子或是做任何比喻的时候，都只是表达某一层面或是某个角度上的相似性，而不表达完全相同性。一切有相同，有不同，一切道理都是相通的。

晓坤的爱人看着两个孩子，脸上浮现着爱意并说道："是呀，你们无论谁先出生，我们都会好好爱你们的。"

是的，这个世界的很多问题并不是谁先谁后的问题，而是共同存在共同消失的问题。只不过，在存在或持续存在的过程中有先有后，并不断循环。同样道理，人与人之间，国家与国家之间，也不是谁比谁更聪明或者更愚蠢的问题，也没有谁比谁更好更强大，或是谁比谁更优等……一切都只是有相同有不同而已，一切都各有所长各有所短，一切都需要相互配合才能达到最聪明、最好、最强大、最优等……一切的一切，如果想要存在，如果想要持续存在，一定需要以"二"为基础，但不局限于"二"，相互配合，共同存在，对立统一。否则，单一的事物一定会受到限制。然而，如何配合，如何共同存在，是需要智慧和维度的。

其实这个世界不一定只能二选一。都说鱼和熊掌不可兼得，但其实，鱼和熊掌也可以同时兼得，这是基于角度，或者说维度，以及人们如何定义"得"。

将对立进行统一，需要首先了解矛盾的本质，而理解矛盾也是完善认知的前提。

等孩子们长大了一些，果然还是问到了这个问题。有一天他的女儿问道："对立要如何统一呢？对立就表示存在矛盾，例如好与坏、上与下、等等。"

"可是我告诉你，好与坏，上与下没有任何矛盾。或者说，矛盾的不是好与坏、上与下，而是人。"

女儿已经云里雾里了，问她的爸爸："你在给我讲哲学吗？"

"这不是哲学，而是客观事实。举个最简单的例子来说吧，就说矛盾。我们普遍认为长矛是进攻的，盾牌是防守的。可是，如果你把长矛和盾牌放在一起，它们就只是"矛和盾"而已，长矛不会自己去进攻盾牌，盾牌也不会自己去防守长矛。但是，当人拿起它们并站在它们后面的时候，才会想一争高下，才想要区分哪个更好，才把'矛和盾'变成了'矛盾'。

"我们所认为矛盾的两种事物在客观上只是两种不同的存在形式而已，并无任何矛盾。矛盾只是我们发现的一些事物之间的某种对应关系或是某种不同之后，赋予了它们相反的定义或者含义，又或是选取了不同角度而产生的。就像'矛'和'盾'本身，我们赋予了'矛'进攻'盾'的意义，也赋予了'盾'防守'矛'的意义，才使它们产生了'矛盾'。所以，当两种事物被人赋予了对人来说相反的意义，然后一些人站在一边，而另一些人站在了另一边的时候，便产生了矛盾。"

"我还是不懂，即便矛和盾可以这样解释，那好与坏、上与下呢？"

"我们不讨论好与坏，这个太复杂。只说上与下好了，你可以用手指出哪个方向是上，哪个方向是下吗？"

女孩抬起手，然后食指朝上，说"这是上啊！"随即又食指向下，继续说到，"这是下。"

"很好，那我问你，假设你的弟弟站在地球的另一侧，他会认为哪个方向是上、哪个方向是下？"

"他会认为……我的上……是他的下，我的下……是他的上？"女孩犹犹豫豫地回答说。

"是的，那么我再问你，哪边是上哪边是下？"

"……"

"所以，你的上是他的下，那么，上与下矛盾吗？"

"可是我还是认为上与下是矛盾的！"女儿坚定地说道。

"我不是在否认矛盾性，我只是想说明，矛盾的不是上与下，而是你和你弟弟。是因为你们站在了不同的位置，有不同的角度，才产生了上与下的矛盾，而不是上与下本身的矛盾。换句话说，这个矛盾不是客观存在的。"

晓坤的爱人看着仍一头雾水的女儿，说道："或者我再举个例子好了。你现在坐在那里，有前有后，而且前后矛盾。可是，如果你现在不坐在那里，那么你刚刚的前后矛盾也就不存在了，或者说转移了。人们常说'当事者迷'，就是因为当事者'站'在了矛盾上，而旁观者不在当事者所在的位置，所以，'旁观者清'。当人发现了矛盾，其实只要换个角度或者位置，就会发现'统一'。"

晓坤的爱人说完看了看晓坤，晓坤赶紧接道："是的。总之，矛盾是以人为基础的，不是客观上存在的。主观上，上与下是矛盾的，因为我们定义了什么是上、什么是下；客观上，没有上下的区别，或者说上也是下、下也是上。或者再换个说法，客观上一切事物之间都是没有矛盾的，所有的事物之间都只是存在相同、存在不同而已。而任何我们所认为的矛盾中，

'矛'和'盾'的本质或者背后都是人，要么是自己和自己，要么是自己和别人，要么是别人和别人，而不是事物。例如，客观与主观，必然与偶然，好与坏，黑与白，生与死，等等，矛盾的都是人。

"另外，矛盾虽然在客观上不存在，但是在主观上却是普遍存在的。因为它是人类主观性的产物，一旦涉及人，就一定有矛盾。人必须选取一个角度，否则对人来说没有意义。例如我们可以从生物学角度判断一个人是不是人，也可以从道德角度评价一个人是不是人，所以，'是人'还是'不是人'就完全取决于角度。换句话说，是否有矛盾，如何有矛盾都是由人，由人的角度决定的。矛盾的产生，也是人们在认识世界的时候，一定会既唯物又唯心的最好证明，同时也可以反证。"

"如果是这样的话，那么就意味着一切矛盾都是可以化解的，是吗？"他的儿子一语中的。

"是的，有矛盾的一面，就一定有统一的一面。任何事物，如果大家都从自己的角度去认识，去理解，就一定会有矛盾的。首先，从自己的角度出发，不一定就是对的。其次，只要矛盾是由人引起的，而不是一种绝对的客观存在，那么就一定可以由人来化解。只要矛盾的一方或者双方换个角度，换个选择就可以了，但是问题就在于矛盾的一方或者双方是否愿意。"

不得不说，引导孩子真的非常辛苦。不过，他们引导孩子正确生活的最大危机，是后来，孩子们又长大了一些，忽然有一天对他们说，找不到人生的意义了。

那个时候，晓坤的女儿开始在医院实习，每天都能看到生老病死，而姐姐的同情心又极强，很容易就产生共情，有时看到电视里面哭她都会哭。于是她就找弟弟讨论人活着的意义，而弟弟刚好也遇到了同样的问题。但弟弟不是因为看到生老病死，而是他从小的愿望是成为一位伟人，可是随着他的成长，他慢慢发现自己似乎有些天真，所以一下子就失去了人生的方向，最后他们只能一起寻求父母的开导。

虽然晓坤本身的专业就是哲学，并且他还看过很多有关人生哲学的书籍，不过，晓坤还是选择诚实地对自己的孩子们说："我无法告诉你们，你们的人生意义是什么，但是我可以很肯定地说，任何一个人，无论活得好坏、活得长短，对于整个人类都是有着某种意义的，只是人们看不到而已。而且每个人的人生意义都不同，并不是说人类有个终极的人生意义，然后让所有的人都去追求。"

"那你知道自己的人生意义吗？"他的儿子问道。

"我也不知道自己的人生意义，并且我也还在不断地寻找。不过，目前来讲，我认为这个意义可能是遇到你们的妈妈。"说到这里，晓坤笑着看向了爱人，刚好与爱人对视。

然后晓坤又转向他们的孩子，继续说道："也可能是把你们抚养成人；又或者，只是简单快乐地活着；等等。总之，不断地了解自己，超越自己，并在生活中做出相对正确和善良的选择或许就是我的人生意义。"

这个时候，晓坤的儿子说道："我觉得姐姐的人生意义就是治病救人、救死扶伤，那我的人生意义可不可以是成为一位伟人呀？"

犹豫了一下，晓坤说道："其实任何一个人的出生死亡，或者说任何一件事的发生，都如同一个石子落入水中，都一定会在某一层面对人类乃至整个世界产生某种影响。只不过，石子有大有小，落水有快有慢，而人们一般只能看见大的和快的。例如，那些推动了人类进步的人被认为是伟大的。可是，人类有没有人想过，如果从长远的角度来看，自己被推向了哪里？而且，不管石子的大小或是快慢，最终水面都会恢复平静，所有石子都成了水底的一部分。"

这些话听起来有些消极，不过，晓坤希望孩子们可以正确地面对这些。更何况曾几何时，"车马很慢，一生只够爱一个人"的生活有什么不好？只要没有战争，没有伤害，可以安居乐业的日子不就是好日子吗？

晓坤有时候真的不知道人类的终极追求是什么，在他看来，抛开统治宇宙这件事不谈，人类的终极目标似乎是把自己活成植物，一出生就扎根在舒服的温床上，一切的生活都由机器自动化完成。吃喝拉撒都不用动，连结婚生子都可以由机器人或是克隆人完成。人只要躺在那里按几个按钮就好了。最好连按钮都不用按，机器直接连到人的大脑，想什么来什么……

晓坤正思考得入神，这时他的儿子很不服气地说道："如果成为不了伟人，那我的聪明又有何用啊！"

"我们并不是在否定你的追求，你可以追求任何你想去追求的人生意义，成为伟人也好，其他的什么也好。只不过，在追求的过程中，不能违法或是违背道德，不能忘记初心，并且要向善。"晓坤的爱人赶紧解释。

可是晓坤似乎没有意识到爱人的担忧，而是接着说道："还有一点是，想做伟人，仅有聪明是不够的，人们不仅经常忽略了很多自己看不到的事物，还喜欢放大自己能够看到的某些个

下篇

别事物。就像很多人说爱因斯坦之所以伟大是因为他聪明，智商高。可是实际上，他能写出《相对论》，一方面是因为所有的一切：时间、环境、性格、命运等，这其中包括了聪明，但是并不只是因为他聪明；另一方面，即便因为他聪明，也是因为他聪明得刚刚好，而不是越聪明越好。如果他不够聪明，写不出《相对论》，如果他再聪明一些，也可能写不出《相对论》，因为他的注意力可能从一开始就会被转移到别处，又或者写出更伟大的东西。事实上，他能写出《相对论》是因为一切都刚刚好，时间刚刚好，环境刚刚好，性格刚刚好，智慧刚刚好，命运刚刚好……一切都不多不少，不早不晚，不偏不正。"

"一切都刚刚好"这一点还可以延伸很多，因为一切可以包括所有，不过晓坤并没有选择继续说下去了。因为他明白，他的这些话只是自己的人生感悟，不一定适用于自己的孩子，并且孩子们也不一定能够马上理解和接受。

但是在他的心里，非常希望他的孩子们能够尽快学会正确看待事物，能够找到自己，找到自己的人生意义，好好生活。既不会把自己看得太渺小、太卑微，也不会把自己看得过于伟大。

这个世界上有太多的人，他们的人生意义其实源于虚荣心和贪念，因此会不择手段地去竞争，去索取。所以在这些人实现所谓的个人的人生意义的过程中，不仅使很多其他的人失去了人生意义，甚至连生存都成了问题。不需要人人都救苦救难，但是，至少不要制造苦难。人，要有一些同情心。

另外，这个世界还有很多人压根就找不到自己的人生意义。这是因为当今的世界，人们普遍认为只有伟人、名人的人生才有意义，只有向别人、向世界证明了自己的人生才有意义。可是，这个世界又有多少的伟人和名人？而更多的却普通人。

正是这种价值观，才让这个世界的大多数人都感觉自己的人生没有意义，并且也无法找到自己的人生意义。还有人退而求其次，把钱和权当成自己全部的人生意义与目标。

不过，晓坤从不评价对错好坏，并且他也从不否认，向世界证明自己也是人生意义中的一种。他只想说，无论伟大也好，平凡也好，人生一定有意义，并且人生意义有很多很多种。即便是"选择爱情"里晓坤的孩子，生命短暂，但是，她的人生完全没有意义吗？她完全没有影响任何人吗？她难道不是之后所有结果的因吗？

任何一个人，都一定有他/她看得见，或是看不见的人生意义。只不过，需要角度，需要选择，需要智慧，需要维度，没有任何人可以，或者说能够否定其他人的人生意义。

其实还有一些人找不到人生意义，是因为他们看到了这个世界的黑暗面，并且认为这个世界不过如此了。又或是，认为这个世界只有依靠科学和技术才能被改变，可是，真的是这样吗？事实上，人还远远没有认识这个世界。

这些话，晓坤同样没有对孩子们说，但是他对孩子说了另外一句话："其实，真正的伟大，并不是让自己伟大，或者说，不是一个人伟大。此外，任何人如果想好好生活，都需要有正确的信仰。找到正确的信仰，远比找到人生意义要重要。"

孩子们似乎听懂了，又似乎没有，总之没有继续问下去，而是相视一笑，然后异口同声地说道："我们饿了。"

下篇

　　晓坤的爱人这时也笑着对晓坤说，"我们去做饭吧。道理讲得再好，也是普通人，也还是需要吃饭的。"

　　哪有人不食人间烟火。

角度与选择

人性与人类

晓坤与家人也不只是思考与讨论自己和家庭，同时也会关注这个世界，关注国际形势。包括对动物的虐杀，对植被的摧毁，国家之间的竞争与打压，还有恐怖袭击，以及战争，等等，而这些事件会把人性暴露得一览无余，比如贪婪、自私自利、阴险狡诈、无同情心、无敬畏之心等。

人的天性被称为"人性"。人性有好有坏，有善也有恶。《三字经》第一句就是"人之初，性本善"，并且晓坤的爱人也认为人性本善。不过也有人说，人性本恶。

而晓坤对于这个问题的看法是：植物，生于黑，而向往白；光，生于白，而向往黑。因为只有在黑暗中，光才可以被看见，就如同人们通常只有在晚上才能看到星星。人也需要在不见光的子宫被孕育（正常情况下），然后在出生的时候睁眼看见光。所以，如果从这个角度来说的话——人性本恶，但向善。

正如晓坤的爱人在生活中会遇到个人主义者，在当前的国际社会，一些国家和民族中也存在大量的国家主义者、民族主义者。其表现与个人主义者类似，包括自私自利、贪图享乐；拉帮结派、培养亲信和同盟，打击报复，打压甚至消灭异己；大搞种族歧视、单边主义、优先主义，等等。这些人，几乎把除自己国家或是民族之外的所有人都视为敌人，视为竞争对手，在他们的眼里是没有朋友的。而这些，肯定都不是人性本善的体现。这种人如果领导一个国家，是全人类的不幸。每次晓坤和爱人看到这样的国际新闻，都特别地揪心，好在这种人相对少一些，毕竟他们相对极端。

不过还有一些人，他们会把对自己有危险或是潜在危险的人称为恐怖分子或者敌人，把能够获得利益和好处的人称为朋友、盟友或者亲信。这类人相对多一些，而且看似正常。但是这类人有个特点——经常会把其他人都当成傻子。

所以在晓坤看来，这个世界上的人大致又可以被分为四种：骗子、傻子、朋友和敌人。其中最倒霉的就是傻子，因为骗子能在利益争夺中获得各种各样的好处，而傻子从中得到的，只有伤害。不过我还是喜欢做傻子，因为傻子最快乐。

傻子给骗子取了个相对好听的名字，叫政客。政客也给傻子取了一个很贴切的名字，叫平民。至于平民的敌人，其实从某种意义上来讲，是骗子的工具。因为如果没有敌人，政客如何获得利益？如果没有敌人，政客以什么作为借口来掌控平民呢？尤其是有些国家的政客已经不靠发展自己国家来做出政绩，而是依靠打压别的国家，依靠把内部矛盾转移成外部矛盾。

晓坤并不懂政治，所以在他来看，四者的关系很简单：政客为了争夺利益有意或者无意地树敌，并同样为了利益寻找朋友，敌人无法伤害到政客，便出于自卫或是报复袭击和伤害了平民，政客再动用军队消灭敌人。对于政客来说，这是一个从头到尾都只赚不赔、每一步都能获得利益的买卖。而平民也从来都不关心敌人是怎么来的，只关心敌人是怎么没的，所以最后无论结果如何，自始自终赢的都是政客。

不管平民喜欢与否，这都是事实。有时候，晓坤真的分不清楚到底是政客在保护平民还是平民在保护政客，因为大多数时候他看到的，都是政客在争夺利益，而平民在受伤。就像当前的欧洲，通胀严重，能源紧张，人民的生活和过冬都成问题，但是政客们依然还在大搞政治，大搞双标。晓坤就很想知道，在这样的情况下，欧洲的政客们会生活困难吗？会无法过冬吗？

尤其是当战争发生的时候，最安全的就是那些政客们，而最受伤的始终都是那些平民。可是，即便是这样，傻子依然支持骗子。不过平民毕竟是无辜的，所以晓坤希望恐怖分子不要再袭击或是伤害平民，伤害平民的行为是无论如何都不会被任何信仰宽恕的。其实任何国家的平民，无论发达还是不发达，都不想伤害其他国家的平民，并且也都不想被伤害。

在这个世界上存在着一种东西，叫作共同利益。这是政客的又一信条，并且把有共同利益的敌人变成朋友是他们的另一项基本从业技能。哎，可怜的平民啊！

晓坤不想与任何政体、任何国家、任何人为敌，他只是一个普普通通的平民百姓。他甚至根本就不关心所谓的政治，他认为政治其实是人类智慧与文明不发达的表现。而且任何政治斗争，都是政客们之间的事，根本就不应该牵扯到平民。

其实平民们如果想知道一场战争是不是为了正义，是不是不可避免，也不是没有办法。例如，只要规定骗子们，尤其是领导人、议员、外交和防卫等职位的政客们的子女必须到战争的最前线去冲锋陷阵而不只是走个服兵役的形式，那么世界将能够避免很多的战争。至少不会像现在，一些国家政客们去制造争端，贩卖战争焦虑和武器，然后自己以及自己的子女和家人从中谋取暴利。

事实上骗子最让人害怕的，不是他们的骗术，而是他们有武器，并且还是大规模毁灭性武器。大规模毁灭性武器与大规模杀伤性武器是有本质区别的。杀伤性武器最多只涉及"死"，但毁灭性武器，例如核弹，并不是只带来死，还会同时带来生。然而，这却是一种人类应该感到恐惧的生，因为这种生最终有可能会直接或者间接导致整个人类的毁灭。

有的人可能最后还会想用毁灭性武器来毁灭这些生吧，可是这些人不要忘记，它们就是因此而"生"的。用邪恶消灭邪恶，可能会使邪恶变得更加邪恶。并且人根本就不明白巨大的能量在一瞬间被释放意味着什么，以为这只是个能量释放的过程。

当然，晓坤其实也不得不承认，从某种角度来说，人已经成长了不少，至少有一些战争已经从以前的"热战"，变为了后来的"冷战"，已经大量减少了对这个世界的伤害。不过"冷战"的方式竟然是核威慑以及各种恶性竞争，特别是武器研发的军备竞赛。

武器，最初其实是用来防御并保证自己存活的，而不是用来进攻从而让别人无法存活的。在不涉及能否生存的情况下，武器其实是被禁止使用的。被"禁止使用"的意思也包括了禁止使用武器来吓唬人。并且即便是再强大的武器，在好人手里的时候，一点儿都不可怕。只有当武器落入坏人手里，威慑力才会呈几何级增长。所以，武器是否有威慑力，取决于持有它们的人，而不取决于武器是否先进或是强大。正如一把手术刀，如果在医生的手里，是让人放心的手术工具，但是如果落在歹徒手里，就是一把令人恐惧的杀人凶器。这个道理再简单不过了，反之亦然，当一个人拿着武器使很多人产生了恐惧的时候，那么这个拿着武器的人多半都不是什么好人。

其实这个世界上，最让人恐惧的，不是武器，而是人，是人的智慧。

晓坤在思考这些事情的时候，并不针对任何特定的人或者国家，或者说，他针对所有奉行武力至上的人和国家。这与他的出生或是国籍毫无关系，他只是热爱和平的普通人。并且他完全是出于对所有人，所有国家的善意，即便是对于那些发动过战争，屠杀过人或者其他生命，但是敢于承认并纠正错误的人或者国家。

然而，他极其痛恨那些完全不知悔改的人和国家，他们从不承认和反思自己的罪行，并且愚弄自己国家的平民。他们祭奠那些曾经发动过侵略并实施过大屠杀的人，他们把这些已经不是人的人视为自己的民族英雄。即便是今天，他们中的一些人还在不断地在暗中挑起争端，而当其他国家做出反应的时候，他们就会告诉自己的民众说自己又被欺负了。而民众之所以被称为傻子不是没有原因的，他们会疑惑，为什么其他国家的人不肯原谅自己，为什么总要欺负自己。

一个国家走向战争，一些人进行屠杀，是和这个国家的每个人都有关系的，因为那些发动战争，进行屠杀的人是你们的家人、亲人、朋友、同事、同胞……最关键的，有一些还是你们自己选择的领导人。手上没有沾血，不代表就是无辜的。

其实每个人群都一定有好人，也一定有坏人。而好与坏，都是相对的，并且它们之间往往只有一线之隔，很难分辨。但是，智慧会引导人们，分清好人与坏人。

不过之所以说人性本恶，还有一个原因，就是从某种执拗的意义上来说，人类本身就像是地球的癌症，基本符合癌症的所有特征：无节制消耗资源，肆意生长，侵害其他生命，还有复发性以及转移性，等等。好在人类还没有发展成为宇宙的癌症，因为缺少远程转移能力。不过这也很正常，癌症也不是从一诞生就能远程转移的，需要点时间生根发芽，需要点时间开花结果，需要点时间研发超光速、虫洞什么的把果实和种子送出去。

"人的存在"本身，对地球、对其他生命都并不是一件太好的事情，不管人类自己是否愿意承认。特别是当人类没有意识到这一点并为自己找了很多的理由来辩解的时候，而其中的"为自己"三个字就已经说明了一切。

《圣经》和《古兰经》也都认为人生来就有原罪，是恶的。但是人类也不能集体自杀啊，所以，人一定要选择向善。向善，是一种自我救赎。一些宗教对吃喝与行为等做出要求，如跪拜、斋戒、守约等，也是为了限制人的欲望、贪婪和报复等本性，从而压制人性中恶的部分。同时告诫人们，不要放纵自己，不要狂妄自大，要有敬畏之心。

因此，人是一定要有信仰的，要信仰智慧与文明，至少也要信仰善良。在可以生存的前提下，请选择尽量不要伤害任何生命，无论是人还是动物。这个世界上一直有很多人大肆残忍屠杀动物，例如鲸鱼、海豚等。无论是为了什么，利益也好，所谓的传统也罢，都是罪大恶极的。所以，请停止杀戮！

人都有很无知的时候，就像一些婴儿在被孕育的时候可能会使自己的母亲产生一些不良反应，但是人不能一直伤害孕育自己的母亲。人都会犯错，但是晓坤希望人知错能改，不要一直执迷不悟。

其实不同国家、不同民族之间产生对抗，发生战争的原因有很多，人性只是其中的一个方面，还有思维方式的不同，智慧与文明的不同。尤其是，人们普遍认为一切生命的存在法则都是适者生存和弱肉强食。

可事实上，适者生存，弱肉强食只是低等生命的生存法则。通过观察低等生命而得出的结论，是不能完全用于高等生命的。

高等生命的存在法则其实是对立统一。可是人们目前还只知道对立，于是便一味地恶性竞争。有些人，有些企业，有些民族，有些国家，认为自己可以一直压制别人，这样的想法是很没有智慧的。竞争可以促进发展，但同时也带来了灭亡。试问有多少曾经自以为很有竞争力的公司是在一夜之间被打垮的？历史上有多少曾经非常强大的帝国都不再是大国，甚至有一些已经不复存在了？一项新发现，一项新技术，一项新发明，一项新设计……都足以彻底改变所有的局面。没有任何人，任何企业，任何民族，任何国家可以永远强大。天平不会永远偏向一侧，这不是人所能掌控的。这就像人的命运，人只能决定自己，决定不了其他的一切。因此，除了对立之外，人还要学会统一。

不过，统一不是把"二"变成"一"，换句话说，不是一方压制另一方，更不是武力使对方屈服或是消灭对方，而是双方以各自独立，但又互相促进的方式持续存在下去。举个最简单的例子，人一般需要用两条腿来走路，其中一条腿支撑，另一条腿向前迈出，然后迈出的那条腿再作为支撑带动之前作为支撑的腿向前迈出，如此不断交替，人才能向前走。慢慢地，人可以越走越快，甚至是跑起来。同样的道理，走在前面或是站在波峰的人（或国家）需要帮助走在后面的人（或国家），之后（才能）被走在自己前面的人（或国家）所帮助，如此交替循环，像人的两条腿一样，人类才能前进，才能共同进步。

否则，如果两条腿互相压制，那结果就将是，要么人是跳着向前走，要么一条腿永远在前，一条腿永远在后，这两种情况，人都会走得很慢，并且会越走越慢。我不否认世界上有跳着走也走得很快很好的动物，世界上甚至还有没有腿的动物，但是人毕竟是人，难道不是吗？

而如果两条腿打架，那人基本就要被自己绊倒，大多数时候，人摔倒了可以再爬起来，但是如果摔得太重了也可能就再也爬不起来了。

事实上，正如每个人都有自己的天赋，每个民族、每个人种也都有自己的特长，而每种特长都是人类长久生存下去所必需的。地球其实就像是一艘船，所有的人都在这艘船上，只不过，有些人在船头，有些人在船尾，有些人在划桨，有些人在扬帆……目前谁也跑不出这艘船，并且这艘船的前行也需要所有的人。船头的人如果消灭了船尾的人，那么自己就要去船尾；划桨的人如果消灭了扬帆的人，那么自己就要去扬帆……可是，划桨的人不一定会扬帆，而且即便是学，人也不是什么都可以学得会、学得好的。

人排挤或是消灭掉了任何与自己不同的人，都会大大减少整个人类在未来的生存概率。在地球上，如果一个种族或者一个国家被消灭了，意味着一套思想体系、一种文化底蕴、一个在未来有可能拯救整个人类的思想与文化，被摧毁了。

如果有人想通过武力或是战争来称霸这艘船，那么最终后果只能是这艘船的失控与沉没。事实上，人类的毁灭与否根本就不重要，毕竟人性本恶。但问题在于，这艘船上并不是只有人类，而且这艘船也根本就不属于人类，人类只不过是霸占了本不该完全属于自己的东西。而造成这种现象的很大一部分原因，是人类以为这个世界全部由自己主宰，以为大海里只有这一艘船，可是，真的是这样吗？

总之，一方面，人类要学会尊重不同，学会协作，学会把竞争变为共赢，学会统一。另一方面，每个国家或是民族都需要根据自己的特色、自己的文化、自己的种族特长等来向不同的方向发展，最终形成一个多元化的世界。

事实上，不同的人、不同的国家或民族，就如同人的五官、人的手脚、人的心脑等，各有所长，所以各有分工，但是同时又相互配合。例如，人走路或者奔跑的时候并不是只依靠腿，身体也要保持平衡，眼睛也要看路……每个部位或是器官对人来说都非常重要，少了任何一个，都会或多或少地产生一些问题。

这个道理很简单，所有人都特别懂，于是就经常会出现这样的现象：当两条腿打架的时候，或是牙齿咬舌头的时候，其他的一些器官就有在那里看热闹的，有一些煽风点火的，还有一些等着坐收渔翁之利甚至干脆加入战斗的。然而，如果因为两条腿打架而摔断了其中一条腿，那么他的手就要行使一部分腿的职能，并且会影响包括所有器官在内的整个人；又或是如果手因为帮助舌头而拔掉了全部牙齿，短时间内，舌头和手胜利了，可是最终输的，也是包括舌头和手在内的整个人。

　　人之所以有不同的器官和感官，是因为人需要；而人类有不同的性别、肤色、人种等，也是因为人类需要。不同种类的人，正如人的不同器官与感官，例如，有些人种相对偏向做"耳朵和嘴巴"，擅长听和说，所以创造了表音的文字；而有些人种相对偏向做"眼睛"，擅长看，所以创造了象形文字；还有些人种相对偏向做"手"，所以能够做出世界上质量最好的东西……人的不同器官没有思想，却仍然能够很好地配合，而人类自称有思想，并且生存了若干年，却依然会因为一些所谓的眼前利益，排挤与自己不同的人，对于这件事情，不知道人类是做何感想的。

　　事实上，正如人的任何一个器官出现问题，整个人都会出现问题。地球上的任何一个国家如果出现问题，周围的国家也一定会或多或少出现问题，并且最终都会导致整个地球出现问题，这就是一个很简单的"点带面"原理。就像是一个苹果上如果某一点出现了腐烂，那么很快就会蔓延成很大的一面。即便把腐烂挖掉，苹果也会继续腐烂而且可能会更容易腐烂。这个道理再简单不过了，因为某个国家出现问题导致周围国家都出现问题的例子已经远远不止一个了。可惜人从来都不吸取教训，仍然进行国家与国家之间的对抗，甚至是专门与自己身边的国家对抗。可是，如果你旁边的国家乱了，下一个乱的，就是你。

　　那些专门针对自己邻居的国家，真的以为自己打败了邻居，成为地区最强之后，就可以和那些只顾自己利益的国家，那些连与自己相同的民族都不信任的国家，那些连自己国家的平民都监听的国家，开心地平分世界吗？那些国家只不过是在采用一种地区制衡战略：当 A 超过 B，就帮 B 牵制 A；当 B 超过 A，就帮 A 牵制 B，最后 A 和 B 都是输家。因为在 A 和 B 争夺地区第一的时候，那些强权国家早已经把 A 和 B 都远远甩在后面，成为世界第一。简单来说，就是鹬蚌相争，渔翁得利。

另外，那些把其他国家都当傻子一样愚弄的国家，那些坐收渔利并妄图成为世界第一的国家，那些天真地以为自己离得远就不会有事的国家，真的会如愿以偿吗？不要着急，给点时间与空间，报应会来的。其他国家傻一时，但不会傻一世。那些离你们很远的国家现在可能碰不到你们，但总有一天能碰到你们。现在谁也别想跑出这个"苹果"或是这艘"船"，最后一定同归于尽，或早，或晚。因此，不要自作聪明，不要自以为是。即便你们可以成为地球最强，也成不了宇宙最强，你们早晚会像你们消灭别人一样被消灭。

每个人、每个国家都在下自己的一盘棋，以为自己的棋艺多么的好，可是，所有的人其实都是一颗棋子，这颗棋子叫人类。有些人，有些国家赢了，但是人类却输了。一个国家以为自己在遏制另一个国家，其实是在遏制人类自己。

正如人看不到自己或是其他人对整个人类的意义，一个国家或是民族也看不到其他国家和民族的存在意义，但是看不到并不等于没有。而且人也不能只从自己的角度出发，不能只看到自己，有时候，也要想想整个人类。因为人不只是作为一个人或国家而单独存在，也是作为人类这个整体而存在，更何况人首先就是作为人类才存在的。

很多人都以为"人"与"人类"的概念是相同的，可事实上，它们却有着天壤之别。即便是现在，人也只能称为"人"，还称不上"人类"。"人"要形成一个完整的有机体，也就是"人类命运共同体"，才能叫作"人类"。另外，衡量一个国家是否强大，不是根据它的武器，不是根据它有多么发达，而是根据这个国家为整个人类做了多少贡献。如果所有人，所有国家都能够配合，都能够对立统一，那么人类将变得无比强大，将会创造一个更加和谐美好的世界。

是选择作为人而存在，还是选择作为人类命运共同体而存在？

其实这个问题只有一个答案。对于国家、公司甚至家庭，人都有可能不会形成"命运共同体"，因为有其他的选择。但是对于人类，人别无选择，只能也必须形成"命运共同体"，除非不做人了。

然而，对一些人来讲，这并不是成为人还是人类的问题，因为他们一直想成为的，是"神"，是"上帝"。可是，想扮演上帝或是神之类的角色来决定其他生命的生死，是一定会付出代价的。请不要自命不凡，更不要一意孤行，死不悔改。

同时，人的这些行为也打破了契约。因此，当信徒们对着《圣经》祷告的时候，要明白你们的上帝或者神的位置已经全部被人取而代之了。当结果到来的那一天，请每一位信徒都不要认为自己很无辜，更不要责怪或是祈求上帝。

很多人可能不明白我在说什么，那我们再做个假设好了，不过也仅仅是个假设。就是在未来的某一天，人类可以创造出类似于人类的人造智能生命，不管是机器人也好，人工智能也好，克隆人也好，又或是其他的什么，那么人类会如何向它们解释自己呢？

我猜应该是告诉他们，人类是他们的造物主，同时给他们一个行事准则，例如机器人三大定律什么的。而且，有非常大的可能性会把他们中的一部分送到新的星球去开辟新的生存空间。那么，在新的星球上的这些人造智能生命看来，他们会不会信仰人类，会不会把人当作他们的上帝，把行事准则当成他们的经书呢？

然而，如果有一天，这些生命的科技远超文明，认为自己才是"造物主"，才是"人"。就像现在的一些人，认为自己可以成为上帝，同时他们的"人性"也被充分地暴露，他们不再遵守"行事准则"，不再善良，那么人类会怎么做？是否会提前告诫他们："Turn from evil and do good; then you will dwell in the land forever."（《圣经》）

如果告诫无效，会不会对他们触发一次又一次的大灾难以示严重警告呢？那如果这些警告也都被无视了呢？那个时候，即便在那个星球上称王称霸又如何？

经书，不是某种陈旧的思想，而是契约、救赎、告诫和智慧。虽然经书传授的不是科技，但是经书里有对世界的描述和做人的道理，以及人能够活下去所需的信仰和智慧。

可惜的是，现在主流与正规的教派，无论信奉哪部经书，《圣经》也好，《古兰经》也好，或者《道德经》也好，以及各种佛经也罢，也无论有多少信徒，都已经几乎没有人知道这些经书真正要表达和传递什么了。现在很多人即便有信仰，并且也相信自己的信仰，但是却不懂自己的信仰。就像很多人信佛，但是却根本不懂佛经在讲什么。这就导致越来越多的人开始无视或曲解数千年前的告诫，开始由善走向恶，也导致越来越多的人丢弃了信仰或开始出现其他的信仰。

事实上，现在很多人说自己没有信仰，或认为自己没有信仰，其实都有自己所没有意识到的信仰。信仰是有信念的追求，不过，现在人们基本都已经没什么信念了。所以，广义上来说，信仰不一定是宗教，也可以是政党，还可以是金钱和物质，甚至是身材和容貌、坚持和勤劳，以及人要为己和个人主义、霸权主义，等等。在一些错误的信仰之下，人们变得自私自利，毫无顾忌，毫无底线，毫无敬畏之心。

如果真的没有任何信仰或追求，就很容易出现选择困难。相反，则一般不会。例如，信佛的人在荤与素之间、善与恶之间就不会有选择困难，即便做出的选择在世俗看来是完全不利于自己的，所以佛说"我不入地狱，谁入地狱"。而信仰人要为己的人，一定会做出对自己最有利的选择，无论是否会伤害其他人；信仰金钱的人在面对金钱的时候就不会有选择困难，即便是在金钱和善良之间做选择；信仰军国主义的人一定会选择打仗；信仰霸权主义、优先主义的人一定会选择让自己高高在上……其中有些人，对外宣称的信仰与实际的信仰是不同的。也有些人不止有一个信仰，而且不停地改变最高的那个信仰。看一个人信仰什么，不能光靠去听，而是要看，看他/她的选择就可以了。

其实人信仰什么、信奉什么，就最有可能会成为什么。如果信佛，就有可能会成佛。同样，只有相信神，相信神所说的话，才有可能会成为神。可惜现在大多数的人都信奉丛林法则，那么就会成为丛林里的野兽，与成神背道而驰。

还有很多人并不知道如何判断信仰的好坏。其实判断标准很简单，就是看这个信仰是否向善，是否有智慧。因为只有向善，只有拥有智慧，才能够存在，并且持续存在下去。这也是为什么世界上主流与正规的教派都要求人要向善。此外，晓坤其实是个无党派人士，但是他认为信仰中国共产党就是个好的信仰，因为中国共产党同样是向善的，是有智慧的。

正确的信仰，是人类存在的基础，并能够帮助人类做出正确的选择。

下篇

存在与认知

其实人之所以很难成为人类，很难形成人类命运共同体，除了人性等一系列的原因之外，还因为人对"存在"没有足够的认知，不知道自己为什么存在，以及要如何存在。

钱晓坤喜欢哲学，就是因为他认为哲学就是真理，而真理能够使人类永恒地存在。可是，晓坤却发现，人的存在本身就是真理，或者说，人自己就是真理，因为在人的身上，他就看到很多存在的启示。

晓坤最初对"存在"的理解其实源于《易经》。而《易经》中最经典的一句话就是"无极生太极，太极生两仪……"根据晓坤的想法，"无极"可以被理解为"无"或是"不存在"，而"太极"可以被理解为"有"或是"存在"。所以，他认为"无极生太极"的意思就是从"无"到"有"。"天下万物生于有，有生于无。"（《道德经》）

不过，这句话的真正含义其实是从对于人的"无意义"到"有意义"，而不是从"完全无"到"有"，因为没有任何事物可以凭空产生。但是"无意义"也可以被理解为"完全无"，一切取决于人的角度。

在"有"的基础上，晓坤相信所有的一切都一定可以一分为二，同时所有的一切又都一定可以合二为一。而这两句话的含义和本质相同，可是显而易见，这两句话的含义又有所不同。所以，它们既相同又不同，就像"2=1+1"和"1+1=2"。而它们到底是否相同则完全取决于思考这件事的人所站的角度，或是所处的维度。

"既相同又不同"非常不容易理解，这里举几个例子。先从简单的开始，从"一"与"丨"开始。首先，它们不同，一个"横"，一个"竖"。可是，如果把其中一个旋转90°，也就是换个角度，会发现它们其实又相同。

两张一模一样的圆形纸，一个上面画"一"，一个上面画"丨"，它们的大小、长度、颜色等等都一模一样。然后把这两张纸拿给另外一个人，那么另外这个人能够分辨哪个是"一"，哪个是"丨"吗？很难，因为它们相同——什么都一模一样，难道还能不同？

可是，我们又都知道它们是有所不同的，因为最初画的，一个是"一"，一个是"丨"。所以，两个不同的事物，可能会被人认为相同。那么，它们到底相同还是不同？

我们只能说，它们既相同又不同。而之所以出现这样的情况，是因为人从来都不是通过"事物的本身"来"看"（了解、认识、判断、学习、感受……）某一事物的，而是通过这一事物的周围事物，也就是一些参照物来看这一事物的。例如，通过"一"或是"丨"旁边的字，又或是作为背景的纸等等，但是绝大多数情况，人选取的参照物都是自己。同样一个"一"，一个人以自己为参照物看到的就是"一"，可是其他人从其他的角度，例如站在侧面的人以他自己为参照物，看到的可能就会是"丨"。所以，即便是相同的一个事物，也可能被人看作两个不同的事物。那么，一个人看到的"—"和另外一个人所看到的"｜"到底相同还是不同？同时试问，在这种情况下，那些所谓的绝对的唯物主义者要如何在完全不唯心的情况下展开深入的认识呢？

再举个例子，人的两只眼睛。从"眼睛"的角度看，它们相同，都是眼睛。但是从"左右"的角度，它们又有所不同，可分为左眼与右眼。世界上的一切事物都能找到相通性，又都是独一无二的。

而它们到底是否相同，则完全取决于人看这个问题的角度，换句话说，完全取决于人的主观。这样的例子比比皆是，而主观性也正是产生矛盾的最根本原因，一切事物之间只是有相同有不同，人选取了不同的角度就出现了矛盾。

事实上，几乎所有的人在绝大多数的时候，都是通过自己的角度来看事物的。这是人们在生活中最容易出现的问题，也是人们产生很多问题的根本原因。人们甚至习惯于把通过自己的角度看到的事物再从自己的角度去展现给别人。

有些人意识到了人的这种主观性，于是开始寻求一个客观的角度，并把这个角度叫作哲学。这是一种进步，只不过，人却依然是从自己的角度去看哲学，而不是从哲学的角度看人，所以人看到的，还是只有主观而没有客观。实际上，人从人的任何角度看到的事物，都很主观、很自我，并且看到的，也都只是事物的表现，而不是事物的本质。人只有从哲学的角度看事物，才能看到客观，才能看到自己。

哲学对人的意义是，使人能够学会通过任何不同的角度或层面看事物，至少也要学会从两个最基本的角度或层面，而不是只能够通过自己的角度去看某一事物。

　　实际上，对人而言，这个世界的本质其实是"二"，而不是"一"。不过目前，人只能看到"一"。"二"最简单，同时也最复杂。所以，我们接下来只讨论"二"而不讨论更多的角度或维度，如果大家理解了"二"，也就懂了"三""四"……如果理解不了"二"，讨论再多的角度或层面也是无用的。"万物之始，大道至简，衍化至繁。"（老子《道德经》）

　　"二"的含义之一是，任何"一"个事物，都一定可以被一分为二，都一定"包含"了"二"（两）个事物，因为（所以）任何事物都一定处于叠加态，都可以产生两个角度或是层面，例如上下、前后、左右、内外等。而这样由于不同角度或维度而"生"出来的"两个事物"，便被称为"两仪"。所以，"太极生两仪"。

　　任何事物，都有它最基本的两仪。两仪是一切事物最本质同时也是最表面的存在形式。两仪的最大特征，就是对立统一，因为它们既是一个事物又是两个事物，既相同又不同，既对立又统一。而对立统一的两个事物之间一定既可分又不可分，一定共同存在、共同消失（注意"共同"不是"同时"但包含了"同时"），一定不断进行有重叠（交集、交错、叠加……）的交替（或转化）以保持存在。

　　例如，"昼夜"，因为存在不同，可分为白昼与黑夜，然而如果这个世界只有白昼没有黑夜，那么人根本就不会意识到白昼的存在，换句话说，白昼也就失去了它（对人来说）存在的意义，或者说，对于人来说也就不再存在。所以，没有黑夜就不会有白昼，没有白昼也就不会有黑夜，正因为有了白昼才有了黑夜，也正因为有了黑夜才有了白昼。因此，"昼夜"共同存在，共同消失，并且它们进行相互交替，无法被完全分开。又如，"因果"，因为存在不同，可分为原因和结果，但是它们又互为因果，并且进行相互交替，它们本质相同又不可分，所以它们共同存在共同消失，因为因果对立统一。

另外，对立统一不仅是一切事物的存在形式，也是一切事物的存在前提，或者也可以说是一切事物的存在法则。一切事物都一定以对立统一的形式存在，并且也只有以对立统一的形式才能存在。例如，人的呼吸，可分为呼和吸，但是它们又不可分，因为人不能只呼不吸或是只吸不呼。呼吸一定共同存在，共同消失，并进行相互交替，这是人的某种存在形式，同时也是存在以及维持存在的前提。

不仅仅是人，一切事物都是如此。在这个世界上，没有任何事物能够违反存在法则而独立存在，独立的事物只能存在极短的时间。例如，假设世界上的男性都不存在了，那么女性也会在一定的时间之后消失。这里顺便说明一下消失的含义，消失不是真的"完全彻底没有"，只是转换成了其他的存在形式，所以既消失也没消失，不过关于这一点不做过多的讨论，大家暂时完全可以把消失理解为彻底没有了。

不管怎样，独立存在的事物对人来说没有任何意义，例如，独立的黑或白，独立的呼或吸，独立的因或果，都没有任何意义。因此，一切事物不只是要能够一分为二，还要能够合二为一，这也是"二"的另外一个含义。因为如果一切事物都可以一分为二，那么其结果就是一切事物都可以合二为一，这"二"句话的关系是要么都成立，要么都不成立，它们共同存在，共同消失。这就像如果"2=1+1",那么"1+1=2"。一切道理都相通。

如果人们发现了不能够合二为一的独立事物,那只能说明人们还没有发现或意识到与之对立统一的"另一半",例如时间。其实时间是与空间对应的,它们既可分又不可分,共同存在和消失,并相互交替,对立统一,正如"两仪"。

任何对立的双方都有同等的重要性,任何对立的双方一定会有统一的一面,对立统一是一切事物的存在基础。人不能只进不出,不能只得不失,不能只正不负,不能只生不死或是只死不生……"两仪"一定同时存在,就像人通常需要两条腿来走路。但是"两仪"又不能只是同时存在,还要像两条腿走路一样,需要前后交替才走得快走得好,正如波动。否则,人就只是站在那里,或是两条腿一直一前一后,又或是跳着向前。

这也再次说明,一切都是相通的,一切都具有两面性,一切都有利有弊,一切都有好有坏,即便是疾病。如果当前这个世界上没有了疾病,如果世界上的所有疾病都可以被治愈了,那么人类可能就只剩下一件事情可以做——战争。那个时候,因为战争而死亡的人数可能会远远多于现在因为疾病而死亡的人数。

在中国,人们通常把这样对立统一的"两仪"分为"阴"和"阳"。"阴阳"之间并没有明显的界限,它们"你中有我,我中有你",就像大家经常看到的"太极阴阳图"一样,因为"阴阳"之间既可分又不可分。

其实"可分又不可分"有两种理解:一种是"两仪"的本质相同,一种是"两仪"不同,但它们之间存在重叠。这两种理解都对，也都错。不过，晓坤认为，这两种理解是"含有"对相对最多（错相对最少）的理解。另外，相对与绝对之间同样对立统一，因此，一切都既相对又绝对，这一切之中，就包括了速度。所以说，即便不考虑速度的真正意义，它也一定既相对又绝对，而不是只有相对。

其实当人提及任何一个事物的时候，本身就已经建立在相对的基础上，只不过人自己完全没有意识到这一点。例如，当人在说"一"或"丨"的时候，本身就被"默认"是相对于自己而言；当人们在说黑的时候，本身就是相对于白而言；当人们在说呼的时候，本身就是相对于吸而言……除此之外，好与坏也是相对的，所以很多时候人们很难判断好坏。还有直接与间接，"一无所有"里的晓坤通过新闻看到孩子得了重病的事情，并受此影响。那么，他是受到了那个孩子的直接影响，还是受到了新闻的直接影响，又或者是，通过新闻进而受到了那个孩子的间接影响呢？

同样的道理，当人们说"人"的时候，本身就是相对于的"其他动物"来说的，只不过"人"比较复杂，不能用简单的相对来形容，而是要把很多不同的相对进行组合，例如人（比其他动物）残忍，人（比其他动物）有侵略性……

事实上，人对任何事物的发现、了解、认识或者定义，本身就是完全建立在相对的基础之上。因为人是通过事物周围的参照物来看事物的。只有"有对比""有相对"，人才能看到某一事物。否则，即便这一事物存在，人也根本无法发现它。例如，如果全宇宙都是同一温度，并且始终保持在同一温度，那么人根本就意识不到温度的存在。又如，如果世界上只有白

（或黑），那么人根本就意识不到白（或黑）的存在。并且大家面前就是个很好的例子，大家之所以能够看到这本书上的字，是因为字与纸有颜色对比。如果字和纸的颜色相同，大家是看不到字的，甚至可能都不会意识到字的存在，这本书就会成为一本无字天书。同理，如果空间里没有任何事物，人也是无法认识空间的。

人对任何事物的发现、了解与认识，都一定是建立在与之有某种相对关系的事物基础之上。换句话说，人看到的，是相对的事物，而不完全是绝对的事物，或者说，绝对的同时也相对。绝对是指事物本身的存在；相对是指事物与事物存在不同。只不过，人们完全没有意识到这种相对，所以人会产生一种错觉，以为自己看到的，只是某一独立的事物，是某一绝对的事物。不过，晓坤明白，他的这些观点对于其他人来讲，是很难接受的，需要一些时间才能理解和相信。

对人来说，任何事物都一定以"二"为基础，这是人发现、了解、认识、定义一切事物的前提，也是人所能达到的最基本层面和维度。所以，即便是换成这个角度，人在问"人为什么是人""黑为什么是黑""伟人为什么是伟人"这类很有哲理的问题的时候，也很没有哲理。因为一切都是相对的，一切都是相对论。不过，最准确的说法是，相对于人来说，一切都既相对又绝对。绝对是事物存在的前提，而相对是人类能够认识这种存在的前提。

并且，人之所以喜欢伟人，喜欢比较和竞争，最根本的原因其实也是"相对论"。因为只有"有对比""有相对性"，人才能比较容易找到自己存在的意义，或者说，这是一个不需要智慧、不需要思考的人生意义。也因此，这个人生意义也就成了大多数人的人生意义与价值观。

太极阴阳图还证明了另外一件事情，就是阴阳要平衡，但是又不能一直保持平衡，因为"两仪"之间需要不断进行有重叠的相互交替。只有这样，才能保证"两仪"都存在并持续存在下去。如果只是向着"两仪"中的某一仪发展，那么在最终取代了这一仪之后，"两仪"都将失去意义。世界上的万事万物都一定要有所交替才能存在，只不过，有的交替频率高，有的交替频率低。

与对立统一一样，平衡也是事物存在的前提，也是事物的存在法则。平衡其实和对立统一是一致的，但是目前只能分开讨论。平衡不是一些人所理解的中庸，中庸是对平衡的一种片面认识。因为平衡不是平均，平衡点也不是固定不变的，而是波动的，就像太极阴阳图中的那条波浪线一样。并且在平衡与打破平衡的过程中，某些对称性或非对称性也会发生变化。

世界上没有什么是不变的，唯一不变的就是变化。变化，可以是动词，也可以是名词。正是因为有变化，才会有相对性，或者也可以说，因为有相对性，所以人们才能够发现变化。而一切变化的本质都是某种波动，因为要有此消彼长，要有进有出，要有呼有吸，要有上有下，要有来有回……才行。如果固定在一条直线上，就是死的。所以，平衡也是事物的存在法则，而平衡的这种相互不断且有重叠的交替形式，就是波动。

广义来讲，"波"与"波动"也可以看作对立统一，因为波与波动既相同又不同。如果把波作为一个静止的事物来看，那么它就只是波而已。如果把波作为某一"点"的运动轨迹来看，那么它就是波动。

再衍生一下，就波与粒的对立统一来说，因为波不仅可以被看作是点的运动（这也就是经典物理学），波的自身也可以作为整体一点的运动，从而形成运动的点（这便是某个角度下的弦论），二者合起来就是光的波粒二象性的本质。事实上，一切事物都既有波性又有粒子性，既相对又绝对，既运动又静止，既对立又统一，一切都以"二"为基础，一切都取决于人的角度和维度。

一切事物都是波，一切事物的运动都是波动，并且将一系列不同或相同的波进行组合，可以形成任何曲线，甚至是直线，这也是傅里叶变换的本质。其实，直线可以看作波的组合，而波也可以看作无限短的直线组合，也就是微积分。所以，波与直线，也是既对立又统一。世界上没有任何事物是可以永远走直线的，也根本不存在"绝对"的直线，一切都是波的组合。

就连人生其实都是某种波动，有时在波谷，有时在波峰。所以，人生失意时需泰然，因为熬过了波谷，就会迎来波峰；得意时需淡然，因为经历了波峰，也会随之走入波谷。也正因如此，才会有一些"三十年河东，三十年河西""穷不过三代""大难不死必有后福"之类的谚语。不过，每个人的频率都是不一样的，并不是所有人的频率都是"三十年"或者"三代"，大难之后还有可能是更大的难。

即便是同一个人，在不同时期，频率也会有所变动，因为一切都在变化。而变化与不变对立统一，所以比较正确的说法其实是，一切都既变化也不变。至于有些人说的爬得高，摔得重，也可以通过一个和波有关的被称为振幅的物理量来理解。

波的一部分也就是圆的一部分。所以，从某个角度来讲，也可以说一切都是圆。

此外，"相互不断交替"也可以被理解为"循环"。这个世界上的一切都一定循环存在，并且只有循环才能保证可以持续存在，例如，呼和吸、昼和夜、鸡和蛋……如果不能循环，就意味着死亡；如果不能循环，事物一定会走向尽头。所以，循环也可以说是存在法则之一，一切存在都需要循环。

两仪中的阴和阳其实很难理解，好在晓坤想到一个现实的例子，就是电和磁。从某一角度，我们知道，电和磁不同。但是从另一角度，我们也都知道电生磁、磁生电。它们共同存在，共同消失，不断循环，无法被分开。另外，电和磁相互交替组成电磁波。

这里解释一下"无法被分开"的含义，无法被分开是以持续存在为前提来说的，并不是真的无法被分开，例如，男和女并不是要合为一体，正和负也不是完全无法分离。同理，电和磁也不是完全不可分。并且电和磁也是相对而言的，因此，电和磁便可以被理解为两仪或是阴阳：它们既相同又不同，既对立又统一。

另外，电又可以分为正负，磁也可以分为南北，正所谓"两仪生四象"。不过，人也可以把电称为"太极"，把正和负称为"两仪"，或者是把磁称为"太极"，把南和北称为"两仪"。一切取决于角度。

晓坤还发现，人在做任何事情的时候都至少需要从"二"入手才能达到最好的效果，例如，对一些疾病的治疗。单独的西医有它的局限性，单独的中医也有它的局限性。它们不是谁好谁不好的问题，因为它们各有优缺点，只有配合使用才最好。这又一次说明，一切道理都是相通的，万法也是可以归一的。

"二"也是一切发生的基础。发生，其实也是一种变化，而变化是"相对性"最直接的体现。所以，发生等于事物加上事物，但这不是一个数学问题，因为结果可以是一个事物，也可以是很多事物。正如老子所说："道生一，一生二，二生三，三生万物。"这句话可以简单理解为，有"一"就一定有"二"，有"二"就一定有"三"，有"三"就一定有"万物"。

不过这样是不是过于简单，有点废话了？所以我还是举例子吧："一"和"丨"可以生"十"，"始"和"终"可以生"始终"，如此便有了万物。有人说我在玩文字游戏，所以我换个例子，"黑"和"白"可以生"灰"，而且可以生成不同色阶的"灰"。

再举个例子，典型的"两仪"还有时间与空间，有时间就一定有空间，有空间就一定有时间。并且有时空就一定有质能，有质能就一定有时空。它们一定是同时存在的，否则都将失去意义，例如，没有空间的能量，或是没有质量的时间又有什么意义呢？另外，如果只有时空或是只有质能，就无法满足"一切都必须要可以一分为二"或是"一切都必须要可以合二为一"这个条件。所以，时空与质能一定同时存在，同时消失。也因此，空间一定不是空的。并且质能守恒，时空守恒。

"发生"其实在广义上可以被理解为"化学反应"。任何两个事物之间都可以在某种条件下进行"发生"。换句话说，都可以在某种条件下进行某种"化学反应"，只不过看人找不找得到"发生"相应的条件。而"化学"研究和寻找的，也正是这些"发生"的不同条件，例如，催化剂。事实上，绝大多数的"发生"仅仅只是需要非常多的时间和非常少的空间而已。正如之前所说，时间与空间会把一切不可能变为可能。

同样原理也可以解释"两个人如果可以永生就一定会相遇"这件事。另外，就连同一事物不断被改变其存在空间，例如，不断压缩或不断膨胀，都一定会发生点什么，更何况两个不同的事物。不过有人说这是"物理"，可是"物理"与"化学"，界限真的那么明显吗？

实际上，任何事物都一定会"存在和发生"，在过去、现在或者将来，这是一种必然。不过对于人来说，一切"存在和发生"都只能是偶然。正如之前所讨论的，人的一切都是既必然又偶然。而人类需要足够好的意识与智慧，来避免一些不好的必然，并使之成为偶然，甚至是必然不发生。因为时间和空间不仅能够把偶然变为必然，也能够把必然变成偶然；不仅能够把不可能变为可能，也能够把可能变为不可能。对于人来说，一切取决于人。估计这里很多人又都要被绕晕，晓坤建议大家可以先按照"一次必然要中奖的彩票，但是不去买"来理解。

另外，一切都一定有因，一切都一定有果。这个世界从来都没有无故的凭空出现，例如无缘无故凭空出现的空间；没有无故的凭空消失，例如无缘无故凭空消失的时间；也没有无故的凭空发生，例如无缘无故凭空发生的基因突变。而且凡事也不是越多越复杂就越好，相反越少越简单的才越容易存在与发生，例如人的 DNA 是双链结构，如果超过了双链，超过了二，人可能会变得复杂，但是同时也会变得很难繁衍，也就是说，很难持续存在。

其实"太极"和"两仪"要远比人们想象的复杂。例如人可以作为太极，分成男人和女人，而男人或女人也可以作为太极分成好与坏，等等。以此类推，一切事物都可以是"太极"，一切事物又都可以是"两仪"。

　　"两仪"也不是一定要有很强的对应关系，不是只有长短、黑白、正负、呼吸、左右……还有很多人们看不到对应关系却存在某种对应关系的事物。例如，电和磁、鸡和蛋、人和资源、手和脚、人与人类等。广义来讲，任何两个事物都可以通过某种角度或是层面成为"两仪"，因为一切有相同，有不同。

　　一切事物都以"二"为基础，一切事物都可以从某种角度或者维度一分为二，一切事物也都可以从某种角度或者维度合二为一，一切事物都既相同又不同，一切事物都有相同有不同。并且一切都相通，一切都相互论证，一切都环环相扣，一切都对立统一。不过理解这些需要极强的思维能力，大家可以通过晓坤后面的实际例子慢慢体会。

　　其实中国的很多传统文化，也都能够体现"对立统一"这一点。以十二生肖中的鼠牛为例，鼠和牛放在一起不是没有原因的。鼠，体型较小，喜欢不劳而获，但是聪明机灵；牛，体型较大，憨厚勤劳，但是用现代人的话来说，就是傻。

　　当今时代，经常会有人说，这个世界是由计算机虚拟的。可是，即便是计算机，也是同样遵循"阴阳"理论，遵循"对立统一"这个"道"的。因为计算机的基础其实就是 0 和 1。而有了 0 和 1，便有了计算机，而计算机可以"生"虚拟的万物。所以，无论人们认为这个世界是否真实，都不影响人们正确认识这个世界的本质。这也是为什么说，万事万物一定遵循存在法则。并且同样的道理，基于存在法则便可以创造万物。万法归一。

还有人说，我只相信科学，不相信这些不科学甚至玄幻的东西。那么，晓坤想问一下，科学家们在探索世界，做科学实验的时候，为什么一定要加入对照组或参照组呢？

因为即便是科学也不例外，也要基于存在法则；即便是科学也同样离不开"二"，离不开相对性，离不开对比；即便是科学，也是在证明相对，而不是绝对。离开了相对性，事物是无法被科学所证明的；离开了相对性，哪怕是科学，也是无法认识世界的。

所以说，科学这件事本身，就证明了一切都是相对的，一定都至少要基于"二"。进而证明了人们认识世界一定要基于相对性，或者准确来说，是既相对又绝对，无论科学与否。而如果就连科学都不能够离不开相对性，都不能够绝对，那么科学还真的绝对科学吗？有任何人可以不用对照就能科学地证明某一事物吗？

晓坤不禁感叹，有人几千年前就发现了事物的本质，发现了存在的真理，还有人敢说自己绝对的聪明吗？反正晓坤是不敢的。

其实，从某一个角度来说，真理是人们认识世界所必需的。可是从另一个角度来说，真理是这个世界上最没有用的东西。而且人有没有想过，当人有一天真的了解了这个世界或是找到了真理，会发生很多问题。而且，人最需要的，也不是真理，而是启示——如何存在的启示。

叠加与坍缩

当晓坤最初给他的孩子们讲解存在法则以及人类认知方式的时候，孩子们是有些不以为然的。他们认为人类都已经在这个世界生活了这么久，似乎也没有因为这些认知不足而发生大的问题——在孩子们的眼里，只要世界还没有真的毁灭，就没什么大问题。

于是晓坤告诉他们，认知不足正是导致人们无法理解量子力学的原因，并且宏观事物同样存在量子力学的一些现象。孩子们的认知再一次被刷新了。

为了证明宏观事物同样存在"叠加态"与"坍缩"等量子力学的现象，晓坤便和他们一起做了一些思维实验，他称之为"上下箭头"实验。

晓坤会准备一张圆形的白纸，然后在中间画一个箭头，但是没有任何人知道他是如何画的，就像如果上帝创造了世界，上帝从来不会告诉人类世界是如何被创造的。

再将这张纸放在家里的一个方形桌面的中间（如图所示），而桌子在一个房间的中央。然后他让他的两个孩子先后进屋，并且问他们桌子上面的箭头是向上还是向下的。为了不使实验和讨论变得复杂，他们只能站在 A 区或是 B 区，并且必须在向上和向下两个答案中二选一。

B

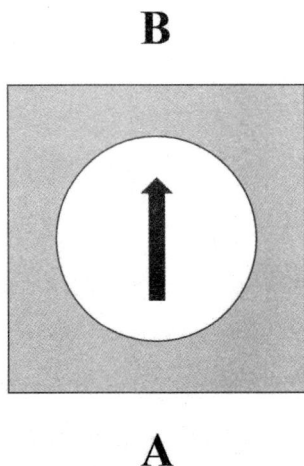

A

画有一个箭头的圆纸放在一个方形桌子上的俯视图

　　对旁观者来说，这个实验的结果再明显不过了，就像 1+1 的结果：如果站在 A 区，那么人会看到一个向上的箭头；如果站在 B 区，人会看到一个向下的箭头。但是，对于这个参与测试的人来说，正确的答案却并没有那么明显，因为他们有两个选择。

　　有时候，两个孩子的选择会相反，但有时也会相同。不过，无论他们做出怎么样的回答，晓坤都不会告诉他们正确答案，因为思维实验才刚刚开始。晓坤会问他们："如果让地球上所有的人都进屋并且做出选择，结果会怎样？"

　　孩子们想了下，说："一些人会选择上，一些人会选择下。"是的，只要晓坤不说，就没有任何人能够准确判断箭头的方向：一定会有人选择上，也一定会有人选择下。就是说，对于这个箭头,对于这个宏观的、客观存在的事物,上和下两种状态同时存在。这不是假说,而是在描述一个事实:这个箭头同时处于向上和向下两种状态。

基于这个实验结果,我们获得了一个宏观事物的叠加态。因为这仅有的一个箭头,不仅向上,也向下。现实中,地球其实就是那个屋子,人类就是参与测试的人,而那个箭头就是人们想去了解的客观世界。看到这里,还有人认为宏观事物没有叠加态吗?如果人们都无法在宏观世界判断上和下,要如何判断微观世界中的上和下?

同样,当人们做出观察和选择的时候,坍缩也发生了。正如"薛定谔的猫",由于没有人知道猫的生死,所以两种状态同时存在。当有人做出观察时,就会发生坍缩。不过,箭头的叠加态与坍缩看似是由位置产生的,而薛定谔的猫的叠加态与坍缩看似是由观察与否产生的。事实上,这些都只是表面原因。而根本原因可以被归纳为两点,并且这两点是可以互相论证的。

首先,对于人来说事物本身就处于叠加态,正如那个箭头和薛定谔的猫。人类自己也是一样,活着的同时也在死亡中,每个人其实都是在向死而生。还有之前也曾提到过一条线,既可以是横线,也可以是竖线。不过在现实生活中,人们习惯并且努力避免叠加态的发生,这对于人们认识世界也是有用的。但是同时,这也导致人们认为叠加态是不应该存在的,是一种错误,而这便是人类自身的认知与意识不完善的体现。避免叠加态的确有助于人类认识世界,但是同时也限制了人类认识世界,就像一把双刃剑。另外,"避免叠加态发生"本身就说明了它的存在。

其次，正如"存在与认知"里讨论的，人们可能一直认为，自己仅仅通过事物本身就可以认识事物，但是这同样是人们的认知错觉。以上面讨论的箭头为例，上述实验中箭头叠加态与坍缩的产生，其根本原因就是人们无法基于箭头本身对方向做出判定，而是必须要有一个参照物，尤其是一个"标准"的参照物。当人无法找到其他参照物的时候，人一定会在无意识的情况下把自己作为参照物。在施加参照物之前，人们想了解的一切，都处于叠加态，例如它是活的还是死了，它是向上还是向下，它是好还是坏，而当人类施加参照物的时候，就会发生坍缩。坍缩不是客观事物的坍缩，而是主观认识的坍缩。

人类对任何事物的认识，都是基于客观事物的主观认识，人类是无法做到绝对客观的。不只是那个箭头，人类对任何事物的判定，无论宏观还是微观，都无法仅仅依靠事物的本身（除非它以自身做参照物），而是需要在特定的时间和空间内选择一个参照物，而这个参照物就体现了事物的相对性。没有参照物，没有相对性，人是什么都看不到的。

一旦有人要去认识、去了解、去判断一个事物的属性的时候，就一定是有至少一个标准的，而只要存在标准，那么这个标准就一定有参照物，一定是相对的，例如生物学上生和死的标准。离开了参照物，离开了变化，离开了相对性，一切都是叠加态或没有任何意义。人类已经知道速度是相对的，其实不只是速度，人类对这个世界的已有的所有认识，都具有相对性，叠加态的本质其实就是相对性。如果存在"他"，就一定存在"她"；如果存在"1"，就一定存在"0"；如果存在"快"，就一定存在"慢"；如果存在"上"，就一定存在"下"……

在人类熟悉的宏观世界中，人类已经习惯了坍缩之后的环境，因此，对叠加态和坍缩的感受不是很明显。人类很容易就可以很直观地找到参照物，例如自己；或者人为规定一个参照物；又或是存在约定俗成、大家都默认的参照物，例如每个看到这篇文章里的图片的人都会认为箭头向上，即便文章是反的，这时候的参照系就是图片旁边的文字。

叠加态是人类认识事物的基础，如果事物不存在叠加态，人类永远也无法认识这个事物。在叠加态的基础上，人们通过坍缩才能认识了解其他事物。并且不是观察、测量，更不是意识引起坍缩，而是人们需要通过这些行为施加参照物，否则一切都处于叠加态。也就是说，观察其实是施加标准或参照物的过程。例如，在薛定谔的猫的实验中，人们通过观察，为猫施加了生物学上生和死的标准或者参照物。但是在上下箭头的实验中，人们观察了，只是没有统一的参照物。

此外，有些人认为是意识对客观事物产生了坍缩或影响。然而事实恰恰相反，是猫或量子影响了人类的意识。换句话说，是客观影响意识，并不是意识影响客观。重要的事情再强调一次，并不是人类的意识使客观事物坍缩，更准确的说法是，客观事物使人类的意识产生了坍缩。此外，更没有什么平行宇宙，至少不是人们认为的那种平行。

正如之前讨论过的，人们习惯了矛盾只能二选一的认知体系，认为很多事物之间是矛盾的。但是正如之前所讨论的，在人类社会里，矛盾的确普遍存在，但矛盾是因人的参照或标准不同而产生的。在没有人的世界里是没有矛盾的，因为矛盾是由人主观造成的。以上下箭头实验为例，那个箭头既向上也向下，主观上是矛盾的，但是客观上没有任何的矛盾。矛盾的存在和产生其实是由于人的主观性，是因为人要选取不同的参照物，或处于不同的位置、不同的角度，采用了不同的判定标准等。但事实上，矛盾不仅是对立的，也一定是可以统一的，除了微观与宏观，还包括波与粒子，波其实可以看作粒子的相对运动方式或结果。当物体相对运动时（事实上一切都处于运动中），都或多或少会表现出波的性质，取决于观察位置和方式。以这个箭头为例，它在地球上是完全静止的，但是从宇宙中的某处看，它也在波动。也就是说，这个箭头其实也是具有波粒二象性的，这是一个任何人都无法否认的事实。一切都在移动或变化中，所以一切都处于叠加态，反之亦然。

基于第一个实验和新的认知体系，晓坤还会给孩子们继续第二个思想实验，称为"不确定的箭头"。在上一个实验中，箭头是完全静止的。但是在第二个实验里，依然用同一个箭头，不过这次让箭头转动，并且转动的速度非常快，以至于人们无法用肉眼看清箭头的指向。因此，只能派一个先进的机器人进入屋内。这个机器人非常可靠，如果它看到一个向上的箭头，就会给出一个上的答案；如果它看到一个向下的箭头，就会给出一个下的答案。即便它很先进，但是它自身并不思考，更不会与人交流，例如，"我看到了其他的可能性"。在这个实验中，它可以在屋子里的任何地方观察，但是检查的地点是不可控与未知的，并且每次它进屋只能检查一次。那么，就会看到这样的现象：

1.每次它进入屋内，我们都会得到一个答案，上或是下，但是答案是不确定的，并且也不可预测。

2.如果检查的次数足够多，我们将获得上和下两种答案。

再一次，叠加态和坍缩发生了，并且这些现象都符合在量子力学中观察到的一些现象。不过这里要讨论的是，虽然人们对任何事物做出判断、做出认识的时候，都会坍缩，但是，任何非干扰性坍缩的引入都不能摧毁或改变事物的其他属性。也就是说，当人们在不对事物产生影响的情况下，对事物的叠加态做出某种判定的时候，无论依据什么发生坍缩，都不代表这种事物会改变原有的叠加态，或者说并不改变原有的事物。例如"上下箭头"中，无论第一个观察者观察到的是向上还是向下，都不能使这个箭头失去之前的叠加态。又如薛定谔的猫，无论坍缩与否，它都是它，并不会因为坍缩与否而改变。正如之前所说的，不是箭头或者猫坍塌了。非干扰性坍缩，从某些角度来说其实只是主观上的坍缩，而不是事物本身坍缩。对于微观事物，尤其是量子世界也同样如此。必须再一次做出强调，并不是意识或主观引起客观事物的坍缩，而是客观事物引起主观的坍缩，这一点极其重要。

然而在现实中，无论对于微观还是宏观，人们却基本都认为只要自己做出了判定，那么事物就是自己判定的事物，不应该再有另外一种属性。可是，即便世界上所有的人都因为种种原因或方法统一了答案，那么在人什么都不做的情况下，这个统一的答案除了人自己，并不改变其他任何事物。并且这个答案也不一定是对的，例如晓坤从来没有说过他画的箭头指向哪里，也就是说，可能根本就没有正确答案。

坍缩也并不是永久的，具有瞬时性，尤其在量子领域。这里我们继续薛定谔的猫的实验。如果有人打开了盒子，并且确

下篇

认了猫还活着。但是接下来，他/她又把盒子关上了。那么，猫又回到了叠加态。也就是说，即便第一个人查看了猫的状态，确认猫是在活着的一种状态，但是关上盒子后，猫又会回到叠加态。坍缩仅仅发生在观察期间。在量子力学里，当人们在非干扰性的前提下，检测到了粒子的状态，这只能表示粒子在当时的状态而已，不代表粒子在不观察时，也会一直处于同样的状态。也就是说，在不观察时，人对它的认识不会坍缩。

基于前两个实验，晓坤还会做第三个思想实验，这个实验可以称为"箭头纠缠"。这一次他把箭头从纸上抽象出来，使它不再仅限于平面转动，而是在屋子的三维空间里做各种可能的运动，但是运动方式和速度等都未知，然后依然用第二个实验中的机器人进去检测，不过机器人升级了，所以这次检测的位置可控。但是人们依然会得到与第二个实验相同的结果，也就是说人们还是无法对箭头的方向做出预测。然后，虽然人们无法预测箭头的方向，但是人们却可以复制这个箭头，复制之后，无论第一个箭头做怎样的运动，第二个箭头都保持完全一致。也因此，人们同样无法预测第二个箭头的方向。

然而，第二个箭头与第一个箭头存在一个区别，并且也是它们之间唯一的区别，就是自复制开始，直到纠缠被打破之前，这两个箭头的方向一直保持相反。那么，只要它们处于纠缠中，不管它们相距多远，不管什么时候，当人类观察并判定其中一个是向上的时候，另一个就一定是向下。换句话说，关于箭头纠缠，根本就不需要所谓的"幽灵般的超距作用"，甚至都不需要作用，只要它们从一开始就是相反的就可以了。就像是当人们确定了阴阳中的一个，那么也就知道了另一个是什么。不过这里不是在否认"幽灵般的超距作用"，毕竟宇宙中的任意一点都可以直接或者间接地影响宇宙中另外的任意一点。

这种纠缠可能被观察或检测所打破。虽然当人们观察（检测）客观事物时，它的属性并不会因为人是否观察（检测）而改变，但是观察结果会因为人们采取了某种观察角度或是观察方式而发生改变。对于特定的观察角度或观察方式，会出现相应的结果。例如，第一个实验中，人站在 A 点观察，会观察到箭头向上；站在 B 点观察，会观察到箭头向下。这非常符合逻辑，不然世界就会混乱。

而如果人们在观察判断事物的时候做出了干扰，那就会改变观察结果。例如，所有站在 B 区的人都将纸转动 180 度，那么箭头就已经不再是之前的箭头了，即便它们看起来一样。这种改变是由于观察的方法造成的，并不是观察本身。如果一个人只能看到上，或者把所有的下都变成上，他看到的是一个世界；如果一个人既能看到上，又能看到下，他将看到另外一个世界。光在这两个世界都是不同的。

这个箭头其实与微观的量子非常相似，正是由于量子的状态无法被预测，所以爱因斯坦有句名言，说"上帝不掷骰子"。

但上帝是否掷骰子其实取决于人，取决于人的技术和理解程度。对于同一个量子来说，并不是人们每测一次，上帝掷了一次骰子，然后等骰子停下来之后，去看最上面的那个数字。人类已习惯了研究静止的，或是有参照的事物，然而量子是高速不停运动的，就像一个一直做各种运动的骰子。试问，它为什么要停下来让你确定状态呢？地球有停止过转动吗？更何况是量子。并且人们研究量子的时候也没什么参照，那么人看到最上面的数字就必定是并且也只能是以概率的方式出现。前提还是，如果人们能确定哪面是上面。

因为人们看量子，就像在宇宙中看地球，人们在判断量子的上和下的时候，就像有人在宇宙中判断地球的上和下，本身就会有一定的难度。人们很难在微观世界，尤其是不同的微观世界中确定一个统一的、标准的参照物，毕竟人类现在还不能在量子的表面种一棵树来作为标记。

除此之外，还有非常重要的一点：在微观世界里，人们仍然沿用宏观的时空坐标系，但是，它应该不是很好用了。也就是说人们在判断量子的上与下的时候，其实都是在宏观上以自己为参照。这就像一个三维坐标系在三维空间中做各种运动，但是人们依然用一个固定的和静止的空间坐标作为参考，更不要说时间维度也不同。

总而言之，当某一事物的两种状态中的某一种，或两种都持续很长时间的时候，我们是可以理解这个事物的。例如薛定谔的猫，从生到死，需要很长的时间。但是量子，从一种状态变成另一种状态的时间，相对于人来说，几乎为零，所以以人目前的科学技术以及对时间与空间的理解，就变成了掷骰子。

其实，即便抛开时间和空间不谈，即便上帝不掷骰子，上帝只是放一个箭头在那里，都没有任何人能够知道上帝创造箭头的时候，它指向哪里，它的终极作用又是什么。换句话说，一个宏观的箭头，即便是"静止"的，也没有任何人能够完全客观地、绝对唯物地说出它的指向，因为它无法绝对静止，只能相对静止。

不过，这重要吗？

不重要！重要的是，之前人们自以为是的认知该结束了，人们一定要意识到自己是无法完全客观地、绝对唯物地认识任何事物的，要明白如何不断完善自己对事物、对世界的认知。而这其中，就包括了空间与时间。

空间与时间

两个孩子在不断学习成长的过程中，其实也不是什么问题都会找父母一起讨论。只有他们两个人的时候，也会在一起讨论各种各样的问题，而他们最喜欢的话题就是时间与空间。不过，他们毕竟都不是理论物理专业的，所以他们的讨论听起来就很民科。可是不管科学还是民科，人们认识世界依靠的是思维和逻辑，而不是抬杠或者键盘。

不清楚从什么时候开始，一部分的人只有通过公式或是实验才能够认识世界，而非思想，不知道这是一种思想的进化还是退化。我完全不是在否认公式或是实验科学，公式与实验对于人们认识世界是不可或缺的。然而，当我指着一个乒乓球说"看，这是个乒乓球"的时候，如果还有人要我用公式或是实验证明一下，否则就是胡说八道，就是民科，那这件事就变得很可笑、很愚昧了。

不过，为了入乡随俗，为了融入这些杠精和键盘侠，我刚刚还是做了几个思维实验，勉强也算是实验吧，所以这里就不再做实验了，仅仅描述一下两个普通人之间的对话而已。

姐姐经常会问到弟弟："我们的时间去哪里了？"其实很多人都想知道时间去哪里了。而姐姐问弟弟，是因为弟弟从小痴迷物理学。

开始的时候，弟弟完全不知道怎么回答，不过后面被问烦了，就随口说了一句，"空间"。他喜欢争强好胜，甚至有时因为不懂装懂而胡扯。

但是，姐姐会追问："为什么？"

这个世界上，有些人会知错就改，而还有一些人，会将错就错。弟弟就属于后一种。尽管他的答案完全是自己的一种最原始的感觉，但是随着时间的流逝，他非但不认为自己的答案有问题，他反而找到了自己的角度来不断完善自己的答案。

所以有一次当姐姐再次问他的时候。他站起来，开始在房间里踱步，并且非常认真地和姐姐说，"时间转化为我身后的空间了"。

姐姐随之而来的问题就是："那如果我现在坐在这里没有动呢？"

"即便你现在坐在这里看似不动，但是你在地球上，而地球在自转和公转，并且地球所在的太阳系也在动，太阳系所在的银河系也在动……除非你可以让自己绝对静止或者能够使整个宇宙都不动。"

姐姐觉得这个答案很扯："怎么可能这么简单？"

弟弟坐在了姐姐对面，并笑着说："这才叫'时间简史'啊。"

姐姐很想反驳，不过一下子却也不知道从哪里开始，因为这个答案实在太简单了，简单到有些不可理喻。

弟弟一眼就看出了姐姐的心思，坏笑着说道："这个答案看似简单，但其实非常复杂。一切的简单都很复杂，一切的复杂都很简单。"

这下姐姐更加无法争辩了，她知道这肯定是受到了父亲的影响。

弟弟继续说："我们先从空间说起好了。我先问个问题吧，你认为我们可以看到空间吗？"

姐姐觉得这个问题极其莫名其妙，脱口而出："当然可以啊，在我眼前这不就是空间吗？"

"那我问你，如果你能看到空间，空间是什么形状？什么颜色？"弟弟爱抬杠的毛病又犯了，不过弟弟很快意识到这一点，所以马上补了一句，"如果你认为可以看到空间，你能举个例子吗？"

姐姐已经处于一种很无语的状态，可是她的性格特点之一就是非常有耐心，所以她并没有转头就走，而是回答说："例如这个房间里的空间，你和我之间的空间，还有……"她环顾了一下四周，指着一个空的水杯又继续说道："还有杯子里的空间。"

弟弟听了说道："你能看到这个房间的空间，是因为你能看到房间，同样，你能看到我们之间的空间，是因为你能看到我，而你能看到杯子里的空间，也是因为你能看到杯子的轮廓。所以，你是看不到空间的，或者说，你看到的不是空间，但是你会误以为你看到了空间。"

姐姐发现自己听得懂弟弟说的每一个字，每一句话，甚至在那么一瞬间认为弟弟说得似乎有点道理，可是同时，她又无法接受这个答案。因为忽然有个人对她说，她看不到空间，或者她看到的不是空间，而是空间中的事物，这实在不符合她的认知，有些太不可思议、太莫名其妙了。

弟弟完全明白姐姐此刻的心理，又继续说道："其实我们看到的，是空间中的事物，并且也仅仅是空间中的一部分事物，包括光啊什么的，而不是空间本身。不过，这给人的错觉就是，我们能够直接看到空间，能够看到空间的大小和形状什么的。也就是说，我们误以为或者说自以为自己能够直接看到空间。"

"难道就不能有一片空间，什么都没有我却看得到吗？"

"什么都没有，就意味着连光都没有，那么你还是什么都看不见。"

"那如果有一片空间，除了光其他什么都没有呢？"和爱杠的人在一起，也会容易变得爱抬杠，可能就是"近朱者赤，近墨者黑吧"（傅玄《太子少傅箴》）。

"那光从哪里来呢？而且这样的空间有什么意义呢？"

姐姐没有说话，而是一直在思考。弟弟继续说："其实这个问题很容易牵扯进来另外一个问题，就是当我说你无法看到空间的时候，你可能会很自然地理解为我在说空间不存在。但其实不是，而且相反，我就是要说明空间是客观存在的，即便看不见摸不到。例如空气，无形无色，看不见摸不到，但是存在。我完全不是在否认空间的存在，我只是想说明你无法直接看到空间，但是间接可以。"

说完弟弟站起来，面对姐姐向后退了两步，又继续说道："我们换个角度来讨论这件事，你看我们之间的空间是不是变大了？"

"是的。"

"那你是直接看到我们之间的空间变大了吗？换句话说，如果你看不见我，你能够直接看到我们之间的空间变大了吗？"

姐姐似乎开始有一点点对自己的认知产生了怀疑。

"所以说，其实是你看到了我，看到我在远离你，才间接知道我们之间的空间变大了，而不是你直接看到了我们之间的空间，直接看到它变大了。同理，也证明你无法直接看到空间。"说完，弟弟接着提了一个问题："那么我们之间变大的空间来自哪里？"

姐姐一下子就笑了，刚有那么一丝丝觉得弟弟有点道理，但是马上又觉得弟弟的问题实在很无厘头："空间本来就在那里啊，只不过是，之前你占据了靠近我一些的空间，现在占据了稍远一些的空间"。

"那么宇宙的膨胀怎么解释呢？目前人们对于宇宙的观察结果都证实宇宙在膨胀，那么这些膨胀的空间来自哪里呢？还是说，这些膨胀的空间也是本来就在那里的？或者这样说吧，是本来就有无限的空间，物质向外膨胀，还是说空间是有限的？膨胀的空间来自什么？"

姐姐皱起了眉头。

这时弟弟继续说："首先，我们会误认为我们能够直接看到空间，但是事实并不是。不仅如此，我们甚至都无法直接判断空间是否有变化，无论是膨胀也好，收缩也好，而是一定要根据空间中的事物来说。所以，我们看到的空间和空间的变化都是间接的。其实更严谨一点来说就是，离开了事物我们无法认识空间，离开了空间我们也无法认识事物。正如父亲一直说的，我们无法认识完全独立的或是完全绝对的事物，这自然也包括空间。我举个例子好了，我们假设宇宙的边缘之外有一片空间，但是空间里没有任何事物，无论是暗物质还是暗能量又或是其他的什么东西，总之没有任何事物，那么我们是无法认识到那片空间的，我们甚至都无法确认那片空间的存在。"

"所以说，空间和事物对立统一。对人而言，没有空间的事物，与没有事物的空间，都是不存在的。也因此，我们认为自己能够直接看到空间，就像我们认为自己能够脱离参照认识事物一样，只是一种错觉而已。"正如晓坤所说，姐姐其实一点儿都不笨。

"是的，并且除此之外，我们还会产生另外一种错觉。我再问你另外一个问题吧，将这个空杯子装满水，装到不能再装了为止，那么杯子里还有空间吗？"

"没有了，空间都被水占据了。"

"这就是我们容易产生的另外一种错觉，那就是空间没有。可是空间怎么会没有呢？首先，空间和空是两个概念；其次，空间只不过是被事物占据了而已，怎么会无缘无故消失呢。"

"那如果是在密闭的空间中装入水呢？"

"其实密闭的不是空间，或者说空间无法密闭，除非……"弟弟想了一下，"算了，空间实在太复杂了，而且有些反认知、反常识，我们先不讨论。总之，不管空间是不是本来就在那里，不管空间里有什么，水也好，空气也好，又或是暗物质、暗能量也好，有一点是你无法否认的，那就是无论你是直接看到的，还是间接感受到的，空间本身都是一种客观存在，不会无缘无故地消失，同时也不会无缘无故地出现。并且事物的存在需要空间，空间也需要存在事物才有它的意义。另外，刚刚我们后退的时候，我们之间的空间发生变化的同时，也一定伴随着时间的变化。"

"那如果我们两个一直坐在那里，没有空间变化，为什么也会有时间变化呀？"

"这就回到了之前的问题，你不能总是以自己为中心或者参照呀。我们之间的距离没有变化，不代表我们都没有任何运动啊。这个宇宙中目前所知的一切都在运动中，而运动其实就是空间的变化。任何事物在空间的变化过程中都是伴随着时间变化的，也就是说，有时间变化就一定有空间变化，有空间变化就一定有时间变化，时间与空间是一切变化的基础，也是表现。甚至也可以说，时间与空间是一切事物存在的基础和形式，同时也是相对性最直接的表现。"

这时姐姐问道："有些人说时间看不到摸不到，是不存在的，你怎么看？"

"假设地球的另一端有一个人，你也看不见摸不到，你能否认他的存在吗？"

"不能。"

"其实时间与空间是一样的。正如之前说的，你也没有直接看到或者摸到空间，但是你能够知道我们之间的空间的存在及其变化。而时间也是一样的，你也无法直接看到或者摸到时间，但是你能明显地感受到或是知道事物的变化，例如我的身高、容貌等。所以，你可以把时间与空间都当作不存在，仅仅是因为事物的存在和变化，或者说是由于事物的相对性所表现出来的现象而已。当然，你也可以把它们客观化，作为认识和了解世界变化的工具。"

"我们既然在讨论时间与空间，肯定是把它们客观化，或者说，'物化'来讨论的，不然我们这个讨论本身不就没有任何意义了？”

“是呀，很多人都认为自己看不到摸不到的就是不存在的，非客观的，唯心的。可是，时间与空间一样，其实都是我们衡量变化的一种事物而已。而且基于唯物的唯心，本就是人在认识和了解世界的过程中所不可避免的。也因此，唯物和唯心同样对立统一，同样符合"阴阳"理论。时间与人的生命长短等没有关系，不是一个人活得久，他拥有的时间就长。正如我们看不到摸不到空间，但是我们能够知道我们两个之间的空间变化。我们同样看不到摸不到时间，但是我们却能感受到时间的流逝，那么时间去哪了？”

姐姐听了这些后调侃道，“因为不知道一个从哪里来，不知道一个去了哪里，你就把它们放在一起了？”

弟弟大笑：“哈哈哈，当然不是。还有个著名的方程可以解释——质能方程。质能方程把质量与能量这两个曾经被认为毫不相干的事物联系在了一起，于是我们知道了质量可以转化为能量，这一点已经毫无疑问了。但是人们却完全忽略了方程中的另外一个事物:速度。而速度又可以分为两个事物:时间和距离。而距离，本质上其实是空间变化。

“谁都不能否认，那些转化为能量的质量本来应该是具有更长的'存在时间'的，然而，在这些质量被转化为能量的同时，它们的'存在时间'也随之'消失'。人们有没有想过它们本来应该存在的时间去了哪里？”

把别"人"的时间弄没了，还不知道弄到哪里去了也是挺不负责任的行为，不过这倒是很符合人类的行为。

弟弟继续说道：“如果把质量与能量对应，那么时间就只能和空间对应了。这里我们做一个大胆的假设好了，在核反应的时候，不只是释放了能量，同时还释放了空间。可是因为空间不是某种我们可以用瓶瓶罐罐装起来的事物，而是和时间一样，看不见摸不到，所以几乎没有人意识到这一过程的发生。如果这个假设成立的话，太阳之类的恒星在释放能量的同时其实也一直在释放空间，宇宙膨胀也和无数的恒星有关系。"

弟弟看了看姐姐略带吃惊的表情，又继续说道："不过，宇宙不会一直膨胀下去，因为能量也可以转化为质量，空间也可以转化为时间。不然，大家以为自己的时间和质量最初是从哪里来的？一个"大爆炸"吗？像核弹一样，从很小的'核'变成一个很大的'灾难'？那么'核'又是从哪里来的呢？事实上，质量与能量相互转化，时间与空间相互转化，并且这些过程在宇宙中非常普遍，就像鸡生蛋、蛋生鸡一样普遍。"

姐姐想了想，问道："你的意思是宇宙大爆炸就像是鸡蛋在长成鸡？并且有一天还会变成一个蛋，然后再长成一只鸡，这样循环吗？"

弟弟并没有正面回答，而是反问了一句："这和现有的理论或者观察到的现象矛盾吗？"

"我又不是研究这些的，我怎么知道？！但是有一点，鸡蛋长成鸡的过程中，并不是细胞与细胞之间的空间变大呀。"

"其实，我的意思不是说宇宙像鸡蛋到鸡一样生长，而是说宇宙处于一种质量与能量、时间与空间的转化与循环中。因为没有任何事物是凭空出现或者凭空消失的。如果宇宙的法则中有一条是允许事物凭空产生或者凭空消失，那这个宇宙就没有任何规律、任何定理、任何真理可言了。

"另外，关于转化，非常复杂，并不像我说的这么简单。如果从极其严格的角度来讲，我所说的都是错的，因为你怎么知道膨胀的空间里就是空的呢？但是你现在对时空的认识还很初级，就像人们曾经以为地球是方的，或者是宇宙的中心一样，还需要一个漫长的过程，还需要很多的时间与空间。因为按照你的说法，你可能认为不同的天体是细胞，可是细胞为什么不能是空间中的暗物质呢？"

关于弟弟的问题，姐姐根本不想回答，甚至从"初级"那里，她就没有再听了。"我很初级？"很明显，姐姐有些不高兴。她便也想为难下弟弟，于是继续问道："那你是怎么看《相对论》的？"

"其实《相对论》，简单来说就是，空间变化慢，则时间变化快；空间变化快，则时间变化慢。爱因斯坦只不过是用公式证明了这件事，可是我连公式都不需要，就可以说明这件事。"

"可是快和慢本身不就涉及时间了吗？"

"不是，这里的快慢仅仅是相对性的体现。例如，一个人相对于之前或是之后的自己，又或是一个人相对于另一个人，而不是指时间上的快慢。"

"我看一些科普说，如果人能达到光速，时间是可以静止的，是这样吗？"

"根据《相对论》，越接近光速，时间越慢，并且这一点已经被证实。所以人们推断如果达到光速，时间可以静止。这里我们暂不讨论达到光速和时间静止的可能性哈。我不否认时间可以倒流，但是客观上的时间倒流，其实是空间转化为时间的过程，或是时间转化为空间的过程，取决于人们如何定义正和倒。但无论如何定义，都不是人们普遍认为的那种回到过去。如果人们想要从今天倒回到昨天的话，就要把一切都从今天的空间位置搬回到昨天的空间位置。这里的一切不是只有我们周围的一切，不是只有地球上的一切，不是只有太阳系或是银河系的一切，而是整个宇宙的一切，并且不是只有宏观的一切，还有微观的一切。所以，人们主观上所认为的那种时间倒流，可能稍微有一点点难。但是我个人认为，回到过去和看到过去是两回事，看到过去就要相对容易得多。

"另外，再说下速度，其实人们并不理解速度这个概念的真正意义。速度是相对的，但也是绝对的，并不是只有相对，所以不会出现"双子佯谬"的问题。如果想理解速度，需要先理解时间与空间。事实上，速度基本可以代表运动，而运动其实是时间与空间的存在基础，如果宇宙中的一切都是静止不运动的，也就不会存在时间。但是问题在于，如果宇宙中的一切都是静止的，宇宙会无限收缩，也就不再有空间，即便有也没有意义。也因此，时间与空间一定共同存在，共同消失。此外，运动其实也可以理解为变化，由于一切都在既相对又绝对运动，所以一切都在既相对又绝对变化。这个世界唯一不变的就是变化。"

姐姐又问："如果我不能让时间倒退，那我可以穿越时空吗？"

"其实我们一直在时空中穿越着，难道不是吗？事实上，任何客观存在的事物都既存在于同一时空，又存在于不同时空，任何事物都一直在时空中穿越着。"

"什么叫既存在于同一时空，又存在于不同时空？"

"这就要讨论另外一个问题了，就是微观与宏观。"

微观与宏观

"不过在讨论微观与宏观之前，我们要先讨论下波粒二象性。"弟弟说道。

"波粒二象性我知道，是指粒子或量子不仅可以部分地以粒子的术语来描述，也可以部分地用波的术语来描述。波粒二象性是微观粒子的基本属性之一。"

"是的，但是如果我说一切宏观事物也都具有波粒二象性，你相信吗？"

"我不相信！！！"姐姐的脸上真的是写满了不相信。

弟弟去拿了一个乒乓球，然后在桌子上弹了几下，问姐姐："这是个典型的粒子，我们从来不会认为它可以用波的术语来描述，对吗？"

"肯定啊！"

弟弟听了，抓住了乒乓球，并放在桌子上静止，说了句："它现在就在波动。"

姐姐一脸诧异地看着弟弟，心想弟弟不是疯了就是病了。

即便不是双胞胎，这个时候弟弟也能看出姐姐的想法，所以他继续说："其实一切道理都是相通的。就像之前讨论时间与空间的时候我们说过，即便你不动，你也会随着地球在动。同理，即便乒乓球现在放在这里没有动，但是从宇宙中的某一位置来看，乒乓球就是在一直随着地球运动的，所以这个乒乓球，既是粒子又做波动。人们在宇宙中几乎不可能找到一个永远走直线的事物，无论是宏观事物还是微观事物。"

"如果我把这个乒乓球不是从地球上打出去，而是在太空中找个前方空旷的方向打出去，它不就会一直走直线吗？"

"短时间来看，它可能会走直线，但是长远来看，它是无论如何都不可能永远走直线的，一定会有某种波动。因为它有可能会撞到某个天体，太空飘浮物，等等，即便都没有，它可能也会受到某种引力影响而无法走直线。可惜人们看不到那么远，所以看不到宏观的波动。人们所看到的直线不过是波的极微小一部分，就像人们所做的微分一样。"

姐姐眼睛一亮，忽然想起了什么："可是光就走直线啊。"

"光是以波的形式走直线，更何况就连光在宇宙中都会受到引力的影响，从而发生引力透镜效应以及引力红移等。光都如此，就更不要说乒乓球了。"

"我还是无法统一波和粒之间的矛盾。"

弟弟继续说："'波'和'粒'其实并不矛盾，就像微观与宏观也并不矛盾一样。我举个例子并且说的再直白一些，从我们的微观角度来看，光有波动性；但是从我们的宏观角度来看，光有粒子性。换成乒乓球，从我们的宏观角度来看，它有粒子性；但是，从比人的宏观还宏观的角度来看，球就会有波动性。或者我再换个角度，就是你可以想象一下，如果我可以缩小成光子那么大。那么我看到的光也将是粒子性的。"

这个时候姐姐问："如果你变成光子那么大，那么你看到乒乓球做什么运动啊？"

"如果我真的能缩小成光子那么大，是看不到乒乓球的，只能看到它的微观结构。那个时候，乒乓球相对于我来说，几乎是一个宇宙。并且那些本来相对于你进行高速运动的微观粒子，在我看来都会非常慢，就像我们看行星运行一样慢。另外，我的时间相对于你也会非常慢，甚至可以说，对你而言，我的时间几乎是静止的，但实际上，我的时间并不静止。同理，在比我们的宏观还宏观的人看来，我们其实是住在高速运动的粒子上的，并且，我们的一秒，对他们来说，几乎是永恒。这其实也是相对论的本质和基础，能够理解这段话，也就理解了真正的相对论，理解了时间与空间，理解了速度。但是在这里我必须强调一下，以上这些与大小无关，不要只看到表现。"人总以为自己是伟大的，可是当人越是了解这个世界，就越会发觉自己的渺小。

　　"那这些和微观与宏观又有什么关系呢？"

　　"这说明微观与宏观没有任何矛盾，只是角度的问题。微观与宏观是完全对立统一的，或者从某种角度来说，微观也是宏观，宏观也是微观。不过，这句话的含义实在太多，可能不太好理解。所以，先换一种说法：宏观是微观叠加（重叠、交错、交集……）出来的，同时，微观也是由宏观叠加出来的。或者再直白一点，就是宏观是由微观组成的，微观也是由宏观组成的。"

　　"微观组成了宏观这一点很好理解，但是宏观组成了微观……这很难想象呀。"

　　"你可以找一张纸，在上面随意画满任意大小（从尽可能大到尽可能小）任意重叠的圆，如果时间足够多，纸上的空间足够大的话，可以画出任何平面形状，任何平面事物，无论微观还是宏观，甚至是所谓的'奇点'或是黑洞，以及人的'穴位'。并且从某种意义上来说，宇宙的任意一点都可以直接影响宇宙的其他任意一点。"

姐姐以为自己听错了，"你说宇宙中的任意一点都可以直接影响宇宙中的其他任意一点？"

"看似很可笑，是吧？可是不要忘了，2022 年的诺贝尔物理学奖颁给了'纠缠光子实验、验证违反贝尔不等式和开创量子信息科学'。我只能说，这个世界与人类原本所了解或是想象的有非常大的不同。只不过，人的眼睛是看不出来的，人的眼睛可以看到的事物极为有限，并且只能看到事物的表现，想看到本质还需要很强的意识、思维和智慧。一切事物都在某一层面存在着联系。这里同时回答了另外一个问题，就是什么叫既存在于同一时空，又存在于不同时空。"

姐姐这时忽然想起了什么："之前好像在哪里看到过，说某些大师级的画家，就是通过类似重叠的方式，但不是圆的重叠，来一层一层作画的，这应该需要很特别的思维方式与能力。"

"是啊，用线条画出来的事物，再好也会有形，会有个界限。就像这个乒乓球，我们认为是有形的。同样，我们认为光子也是有形的，认为光子也像乒乓球一样，是一个界限分明的小球。可是，乒乓球是不发光的。如果说光子像个球，那么光子可能更像是地球，因为有大气的存在，所以很难说地球的边界在哪里。又或者说，有谁能准确地说出太阳的边界在哪里？！"弟弟说完，又问姐姐，"你认为我的理论正确吗？"

姐姐说："我不知道你的理论是否正确。不过从某种角度来说，人们目前所研究的任何理论，都有一定的正确成分，或多或少，所以我从不完全否认任何理论。每个人其实都是在盲人摸象，不过，这头象实在太大了，远比人们想象的大得多，或者更确切地说，是远远超出了人们的想象。每个人都摸到了一点点，而每个人摸到的，都是象，也不是象。但是无论是不是象，都是象的表面。"

弟弟附和道："是啊，即便是一个并不那么大的事物，不同的人所看到的也是不同的。例如，不同的人去看同一个人，有些人看到的是样貌，有些人看到的是衣着，有些人看到的是言谈举止，有些人看到的是情绪，有些人看到的是心理……又或者，不同的人去看同一个故事，所看到的，也是不同的。一切取决于角度嘛。"

说完，姐弟都哈哈大笑。

下篇

中国与西方

姐姐长大工作后还曾到欧洲交流几年，因为作为一名医生，她非常希望能够了解西医与中医到底有什么不同，同时也想证实父亲的一些想法。姐姐很喜欢欧洲，因为欧洲也有着深厚的文化和历史。正是在那段时间，她很真切地感受到中西方的思想与文化方式存在巨大的差异，准确地说，是同样存在着对立统一的关系：中国的思维方式相对间接，喜欢婉转；而西方的思维方式则比较直接，直来直去。

事实上，姐姐认为中国的思想就像中国的围棋，更宏观，更复杂，所以她把中国思想称为围棋思想；与中国相反，西方的思想相对简单，相对直接，具有不可逆性和极强的针对性，就像西方的国际象棋，所以她把西方的思想称为国际象棋思想。

围棋中没有"王"的概念，要形成一片才有可能赢，其中每个棋子都至关重要。因此，中国不称王称霸，而是通过带动其他国家发展来共同发展，例如"一带一路"，例如帮助一些不发达的国家；而国际象棋，依靠打压与消耗对方来获得"王"的胜利，所以，西方喜欢称王称霸，并且通过打压与消耗其他国家来自我发展。简单来说就是，中国是相互带动式共同发展，不称王称霸；而西方是打压式自我发展，并且西方的一些国家和一些人认为自己就是这个世界，甚至是这个宇宙的"王"。

这些特点在当前的国际形势以及中西方的外交政策中都有着极其充分的体现和完美的诠释。

国际象棋中，保住"王"就可以赢，并且只需要保王，其他都不重要，无论士兵还是王后，无论盟友还是平民。因此，当对抗发生时，最先被抛弃和牺牲的就是盟友和平民，而王则会进入堡垒。为了保王，为了消灭对方的王，一切都可以利用，一切都可以牺牲和抛弃。

可无论是王后还是士兵，在王的眼里，都是棋子而已。当然，我不否认围棋中也会有牺牲，但是围棋中，棋子通常是越下越多的，而国际象棋中，棋子只会越来越少。简单来说就是，下围棋的过程是从无到有，从少到多；而下国际象棋的过程则是从多到少，从有到无。

除了霸权性，西方的思想其实还具有排他性和极强的征服性。无论西方的电影怎么演，或是西方如何宣传，当前西方的种族歧视，贸易与科技保护主义，以及所谓的优先政策，等等，都是不争的事实。此外，西方国家的发展是需要建立在敌人的基础上的。一定要有敌人才能够发展，如果没有敌人，就想方设法树立敌人。因为如果没有敌人，西方国家就会失去目标，就像国际象棋。离开了敌人，西方完全不知道要如何发展。也因此，西方国家其实把除了自己以外的其他所有国家都当成敌人，或者棋子，**毫无例外**，只是排名有先后而已。

与西方人不同，中国人不寻求霸权。中国认为，大家应该互相帮助，团结成命运共同体。中国不将其他国家当成敌人，中国的发展也不需要敌人，中国的敌人只有自己。而且不仅国家与国家之间如此，做人也是一样，这是中国几千年来所形成的思想。

在中国思想中，很多事物之间看似相差很远，但其实都是有联系，有相通性的。就像棋是棋，但有时候，棋不是棋，而是思想。正如禅语所说："见山是山，见山不是山，见山又是山。"

然而中国的思想与发展理念，西方却至今都无法理解。并且当中国带动其他国家共同发展时，西方认为中国和它们一样，只是利用这些国家而已。就连很多被中国带动发展起来的国家都有些不理解，认为中国和西方国家一样，居心叵测。

讲个"经书体"小故事。是一群人围坐在一大锅食物的旁边吃饭，但是这个锅有个非常重的盖子，只有大家齐心协力把盖子抬起来才能吃到里面的食物。但是，因为锅盖特别重，所以每次只能抬起一点点，而无法将锅盖完全掀开并放在旁边。另外，因为是围坐，所以自然有人坐在不同的方位。为了方便讲故事，我们就把坐在西面的人就叫西方人吧，坐在东面的人就叫东方人。这里必须声明一下，这只是个故事，请不要对号入座。

以上是故事背景，接下来是故事内容：这群人里的西方人，并没有和大家一起抬盖子，而是联合了起来，准备一起去打倒对面的人。西方人也给自己找了各种各样的理由，但是应该只有傻子会相信。因为这种行为事实上和对错与否、正义与否都毫无关系，只是因为对面的人恰好坐在了西方人的对面；只是因为对面有人吃饭用筷子，而不是用刀叉；只是因为对面有人提出大家共享这锅食物，想等大家都吃饱了可以更好地抬起锅盖，即便锅里的食物被吃完了，也可以一起再去找或是做一锅新的食物，但是西方人想要的，却是独占这锅食物。

而西方人之所以想要独占这锅食物，是因为这是目前唯一的一锅食物，并且这锅食物是有限的。可是，正是因为目前只有这一锅食物，所以大家只能坐在一起，那么就总有人会坐在对面，难道不是吗？

当然，这只是个故事而已。不过，这个世界就是有很多有趣的巧合。因为在现实中，中国的饮食文化就是共享的，而西方则是分餐制。西方人认为，放在我面前的食物，那么就是我的，并且只属于我，难道不是吗？抛开卫生等问题不谈，这种行为从某个角度来讲，体现的是一种思维习惯，一种思想理念。所以当西方人的面前有一锅食物，他们很自然就认为这是属于自己的，很理所当然地想要独占，更何况是一锅"从天而降"的食物，为什么就不能完全属于自己呢？所以其实他们并不认为这样有什么不对。

巧合似乎还有很多，不过姐姐只是讲个故事而已。再回到故事，因为故事到这里还并没有结束，因为其中有一个西方的大哥还有更长远的计划：那就是在打死对面的人之后，并且旁边的人也因为斗争而半死的时候，再把旁边的人也都打死。他认为，这才是真正的独占。道理很简单，就是如果他不能容忍与对面的人一起分享这锅食物，那么又为什么要与旁边的人分享呢？而且，对面的人如果不在了，那么旁边也是一种对面。

即便他知道锅盖很重，但是他自认为以自己的能力和实力，以后一定能够找到解决的办法。对他来说，眼下最关键的问题，就是独占这锅食物。所以，是否坐在这个西方人的对面，其实也不是重点。只不过，先从对面下手更符合逻辑，更容易一些。

即便不能真正独占，也要极力控制这锅食物，先让自己吃饱，再分给其他人。就像狮子，一般都是公狮吃饱之后，才会让其他的狮子吃。

如果既不能独占又不能控制，那估计这个大哥就会砸锅，让大家都吃不上。毕竟，这个大哥一直都很喜欢撒谎、欺骗和偷窃，一副玩不起，也输不起的样子。尤其喜欢拿着餐刀到处耀武扬威，不断地恐吓与威胁别人。

而且，故事里的这个大哥已经完全抛弃了公平和正义的理念，并把自己的优先主义、单边主义和自我保护主义等摆到台面上了，并光明正大地实施，可故事里的大多数人竟然无动于衷甚至助纣为虐。

这个故事不禁让姐姐想起她看过的一部西方的电影，叫《利刃出鞘2：玻璃洋葱》。虽然是一部悬疑剧，但是却可以让人联想到刚刚这个故事背后的故事，只是希望刚刚的故事也能够以喜剧的形式结尾。

其实西方思想之所以现在被大家普遍所接受和认可，并不是因为西方的思想有多么的正确，更不是因为西方的思想是什么真理，而仅仅是因为两点：

第一，人都比较容易接受简单和直接的事物，而西方的思想极其简单，所以自然而然就容易被人理解和接受。不过很多人认为西方的思想简单，是因为对于他们而言，"是"就是"是"，"不是"就是"不是"。然而，很遗憾，这只是一种误解。西方的思想简单，是因为他们认为"是"那就"是"，即便"不是"也要想尽一切办法，用尽一切手段说成"是"。对西方来讲，简单的是前半句，难的是后半句，因为很多时候要颠倒是

142

非，要双重标准，并且这样的例子已经不胜枚举。

但是对中国而言，难的则是前半句，难的是厘清是非曲直。中国一直希望西方也能够如此，希望西方能够"放下屠刀"，能够"浪子回头"，但是以当前中西方的思想与认知差异，这就相当于对牛弹琴并且有些一厢情愿，同时还有那么一点儿固执。

先从矛盾的角度来说，在西方的认知里，当出现矛盾的时候，只有一方消灭了另一方才是胜利，才是解决矛盾的唯一途径。所以，如果西方认为你是矛盾的另一方，那么无论你做什么，他们都会站到正义也好，人权也好等各种制高点说你是错的。换句话说，无论如何你都是错的，即便对也错。所以，双重标准是必然的。而且从他们的角度来讲，你的确就是错了，只不过这个错误其实与对错无关，仅仅只是因为你是矛盾的另一方，只是因为西方想独占地球这个口锅，而你恰好坐在了锅边，坐在了对面，并提出大家要共享这口锅。

更何况，西方的生存之道源自动物。所以，弱肉强食，你死我活，物竞天择的霸权主义和对抗思想是刻在了大多数西方人骨血里的，并且根深蒂固。而是非曲直在西方，尤其是西方政客的眼里根本就一文不值，毫无意义。而西方的普通民众，一部分并不关心这些，只要有饭吃就行；另一部分则是骗子说什么信什么。

所以说，西方的思想已经简单到不能再简单了。并且，在西方当前这样简单的认知之下，西方是完全不可能对中国，或者更准确点说，是对于除了自己之外的其他任何国家做到真正友善的，有的只是敌对而已。只不过，敌对有先后。而这一切，与是非对错无关，就更不要说公平和正义。

第二，因为西方的科技目前相对发达，所以人们便认为他们的思想也是正确的。然而，科技与思想以及文明程度不一定是成正比的。我并不否认就目前而言，西方的科技相对进步一些，但是西方的思想与文明却是相对原始和低级的，因为西方对这个世界的理解和认知其实还十分有限。之所以这样讲，是因为不仅仅是生存法则，西方的很多思想，例如进化论等，主要都是源自其他生物，尤其是动物。而动物则普遍被人，尤其是西方人认为比较低等，难道不是吗？西方当前依旧存在白人至上主义，连有色人种都被他们认为是低人一等，更何况是动物。而西方从被自己所认定的低级动物身上总结出来的道理和思想，又能有多高级？又能有多文明呢？！还是说，发挥一贯的双重标准思想，吃肉的时候，认为动物低等；从动物身上学习和认识世界的时候，认为动物和人一样？

所以，即便西方的思想不对不错，也相对简单，相对低级。而这才是西方思想目前能够被人普遍所接受的最根本原因。

当然了，不能否认西方也有一些思想并不是从动物的身上学习到的，就例如随处可见的双重标准，但姐姐也不知道这是自学的还是天生的。不过这不重要，重要的是，如果西方的一些人想成为神或者上帝，想主宰世界，那么思想太简单、太低级可是不行的。因为这会影响对客观世界的科学认识，例如量子，例如时间和空间。如果连这些都理解不了，那么封神，只是痴人说梦而已。其实西方的科学已经遇到了瓶颈，已经开始有些无法理解这个世界了。所以，即便西方独占了地球这口锅，也是无法完全吃到里面的食物的。因为有些科学上的瓶颈，离开了中国思想，西方是很难突破的。

说到科学，通常被认为是西方思想的一个最大的特点和优点。因为西方的思想是验证性的，所以这种思想被认为是科学且先进的，目前几乎是作为唯一正确的思想被全世界学习和推崇。

然而，这却恰恰是西方思想相对简单、相对低级的又一个完美诠释和有力证明。因为西方认识和了解世界几乎完全依赖于科技与学科的发展，所以是很缓慢的，是一点一点的。举个例子，西方人观察并验证了世界上没有两片相同的树叶，于是了解到世界上的树叶都是不同的；接着又发现并验证了世界上任何两个人的指纹都不完全相同，于是开发了指纹锁等技术；后来又发现了并验证了世界上任何两个人的虹膜都不同……于是，西方思想下，一直不停地有新发现，不停地得到验证。就这样，西方思想被认为更先进更科学。

但是中国在几千年前，就已经知道，世界上没有两片完全相同的树叶，并最终推导总结出世界上一切事物之间都会有所不同。几千年前传入中国的《华严经》里有句话叫"一花一世界，一叶一如来"。事实上，抛开禅意，简单和通俗地理解这句话的其中一个意思就是：世界上没有两朵相同的花，没有两片相同的叶子。然而，抛开了禅意，给人的感觉就是：现代人看见了没穿衣服，只用叶子遮挡的猿人。虽然可以一目了然，但是总觉得比较原始，不够文明。因此，西方所谓的哲学，在古人看来，简直就是班门弄斧。

这个时候，估计西方人和一些中国人，尤其是一些杠精会跳出来说，那通过机器和模具就可以加工出一模一样的东西。

下篇

然而，无论通过什么方法做出来的东西，在某一层面，例如微观层面，都会有所不同，更何况我们主要讨论自然界。而且我们也不能通过人眼来判断是否相同，人眼所能看到的，十分有限，仅仅依靠眼睛来判断是否相同是有些自以为是的，并且还有些原始，有些自我，同时也不太聪明。

不过也不得不承认，中国思想是存在一定问题的。而这个问题就在于：中国古人以当时的条件和认知，无法对自己的推导和结论做出解释，更加无法把所包含的一切都证明一遍，再加上古人喜欢通过隐喻来表达思想等种种原因，就使得中国的思想越来越不被人所理解，甚至被认为是伪科学或玄学。

可是，当西方说世界上没有两片相同的树叶，或是每个人的虹膜都是独一无二的时候，西方也没有把世界上所有的树叶，又或是所有人的虹膜都对比一遍呀！怎么就没有人说是伪科学或是玄学呢？

因为有一种科学的认识论和方法论叫见微知著和归纳总结。而这恰恰是中国思想的特点之一，并且中国人在这些方面天赋异禀。例如，古代的中国人通过观察日夜与呼吸等，推导出世界上万事万物都是如此，并且都应该如此，于是总结出了"阴阳"思想。又如，如果说西方的生存之道源自动物的生死，那么中国的生存之道则源于世间万物的存在，如日与月、呼与吸、生与死、黑与白等等。还有，西方人验证了时空和速度是相对的，就认为只有时空和速度是相对的。可是，中国人在几千年前就已经知道，一切都是相对的，一切都是"相对论"。或者准确一点儿说，是既相对又绝对。

但有些讽刺和可笑的是，西方的思想和理论却被普遍认为是科学和伟大的，而中国的思想则被认为是伪科学和民科，又或者，是玄学。可事实上，正如之前所说，任何西方所谓的科学验证，都离不开参照，离不开对比。所以，即便是西方的科学，也不是绝对的科学。不仅如此，所谓的西方科学验证思想，本身就是中国思想的体现。

然而中国的思想正在受到越来越多的质疑，而很多人质疑中国思想也同样是因为两点：

第一，中国思想看起来很简单，因为中国的思想经常是一句话就涵盖了一切。然而，与西方思想的简单不同，中国思想的这种简单，只是看起来而已。中国的思想，只是最终的结论看起来很简单，但思考和得出结论的过程是极其复杂的，而不是通过简单的思考得出一个简单的结论。例如，中国的思想并不会通过"菜能吃"推断出"一切都是能吃"的结论。连动物都不会有这样的认识，更何况是人。

而且中国思想要发现和总结的，是这个世界的本质。西方一直在寻找真理，可是真理与最本质的东西，本就应该是适用于一切的，本就应该是最简单的。否则，如何被称为真理和本质呢？不过，人就是这样的口是心非：一直说我要和平，然而开始研究武器，到处煽风点火，发动战争；一直说我要真理，然而在遇到真理的时候，却置若罔闻或者质疑并否定。

第二，很多人质疑中国思想，是因为中国思想不具有科学验证性。可实际上，有很多的中国思想，看似不科学，却能够经得起任何所谓的科学考验。不过有个前提，那就是要有足够先进的科技。然而就目前的科技水平来看，还差很远。

就拿刚刚的一个例子来说，两个用当前最先进的机器和模具制作出来的东西，再用当前最先进的仪器来检测，或许是一模一样的。但是随着科学的不断发展，技术的不断进步，就会发现它们一定有不同之处。换句话说，"一模一样"的标准和定义，一定是随着科技与认识的进步而不断变化的。例如，从人眼看起来的一模一样到机器做出来的一模一样，从宏观的一模一样再到微观上的一模一样。而最终的结论，一定是一切事物都有所不同。

其实不需要验证，这个道理很简单：在制作它们的时候，时间和空间肯定有一个是不同的，而时间和空间，是创造或是制作或形成任何事物都必需的。所以，结果就是这两个事物一定会有所不同，或多或少，根本就不需要科学来验证。又如，只要两个人能够永生，只要宇宙不毁灭，那么他们是一定可以相遇的，即便他们在宇宙的两侧，这也根本不需要真的去验证。如果真的要用所谓的科学来验证这两个例子，那么以现在的技术，是远远不够的。

所以，不能只是看到了古人给出的结论有些简单，就认定中国的思想一定是不科学的，无法被接受的。相反，中国的思想相比于西方，不仅更复杂，更高级，而且需要更多的智慧，需要更加先进的科技才能够验证。更何况，科学本身，就已经是中国思想的验证。

还有人说，中国的思想已经有几千年了，所以肯定已经过时了。然而并没有，只不过，想要理解中国的思想，想要能够正确的见微知著，见始知终，需要智慧。不仅如此，运用中国的思想解决问题更加需要智慧。也因此，作为中国人，一定要相信中国思想其实是卓尔不群、无与伦比的，是足以让全世界都为之震撼的。

其实现代人并不比中国古人聪明，西方也没有那么伟大。即便是大多数人认为近代最伟大的人也没能解释量子现象，并且也只是证明了一部分的中国思想，那么又能有多么的了不起呢？而中国的古人、中国思想才是真正的伟大、真正的博大精深。中国古人在思想方面，是远超甚至是绝对碾压现代人的。不要盲目崇拜，也不要盲目诋毁，更不要人云亦云。

其实不只是中国，世界各文明古国的古代思想与智慧，在某些方面，都是超过现代人的。即便是西方现在所形成的科学思想，也完全无法体现人类的进化。因为如果按照西方的进化理论，人类不是应该越来越有智慧，越来越文明的吗？可是，当一个现代人需要通过掰着手指数才能数一二三，人们却拍手叫好，说这叫科学；而古人可以数到万，却被说成伪科学，理由是没有掰着手指的时候，人类真的进化了吗？当人类盲目地崇拜科学与技术，但是用科学解释不了的量子力学现象，却用一个箭头就可以描述的时候，人类真的进化了吗？当人类把科技都用于战争，而不是和平发展的时候，人类真的进化了吗？

从某个角度来说，人类不仅没有进化，古人的思想也因为种种原因没有得到很好的传承。而这其中，就包括中国。如今连很多的中国人，都不能正确理解自己的思想，认为中国思想是过时的、完全不科学的。也因此，有越来越多的中国人对自己几千年的文化与思想熟视无睹，数典忘祖，不仅不引以为傲，反而引以为耻。并对西方盲目崇拜，甚至已经完全丢掉了对自己国家的思想与文化自信以及认同。

可是在这个世界上，不是只有国际象棋才叫作棋，不是只有西方的思想才叫科学思想。这个世界上很大，也不是只有简单，还有太多复杂和人们现在难以理解的事物。对于自己不理解或者无法理解的事物，可以心存怀疑，但同时也要心存敬畏，而不是无脑反对，成了名副其实的坐井观天。并且，不理解或者无法理解，也不能成为诋毁、提倡摒弃以及崇洋媚外的理由，对于中国几千年的思想文化如此，对于中医（指真正的中医，不是江湖中医，更不是中医骗子，下同）同样如此。

现在有一些中国人动不动就要抵制和摒弃中国思想，反对中医，可是，你们凭什么？又有什么资格？因为你们活了几千年还是因为你们聪明绝顶？又或者，因为复杂弄不懂就是反对的资本和理由吗？还是认为自己所能够理解的就是正确的，自己所不能理解的就是错误的？按理来说，我能弄懂别人的东西，别人却弄不懂我的东西，不是应该感到骄傲和自豪吗？怎么很多中国人反倒自卑甚至跪了呢？这些中国人中，有些拿了西方的好处，勉强还能理解，但是有很多根本没有拿到过任何好处的中国人在跪什么呢？尤其是一些人还喜欢跪在键盘上。有些中国人其实是得了一种心病，姐姐刚好是医生，刚好又可以医治一部分人的心病。

还有一些人只是单纯喜欢西方而已，喜欢简单和直接，这没有任何错。但是在喜欢简单的同时又自以为是，四肢还不发达因为喜欢跪着，那就不大好了。更何况，即便是西方引以为傲的科学与技术，也同样是把双刃剑，并且目前还是像无头苍蝇一样被随意挥舞的双刃剑。同时，这个世界还有太多的事物，也不是仅仅依靠科学与技术就能够理解的，例如金字塔，例如巨石头像，等等。

但是，话又说回来。蕴含着极高智慧同时也需要智慧才能理解和运用的思想，想顺利传承几千年也的确不是一件容易的事情。因为传承不是照搬，要传承的也不是一个简单的结论，更不是冰冷的书籍和文字，而是智慧和思想本源，以及错综复杂的思考与总结过程，同时在传承的过程中还要与时俱进。

这里必须强调的是，姐姐完全不是在否定西方的思想，同时鼓吹中国的思想。姐姐只是希望大家能够正确地看待中西方的不同思想。中西方思想其实各有所长，没有谁比谁更好，更先进更科学，更加不是你死我活的二选一。中国思想相对更擅长思考本质，从而能够更好地认识世界；而西方思想相对更擅长发明创造，从而能够更好地改造世界。因此，中西方思想，同样对立统一，对人类来说，缺一不可。

凡事都一定有利有弊。西方在认识和了解世界的过程中，正是因为思想与意识不够，所以才用科技来凑。也因此，西方人认识和了解世界离不开科技的进步，所以西方认识和了解世界相对比较慢。但是西方在抽丝剥茧的过程中，每有一点新的认识，都能够将其转化为科学和技术来改变世界。所以，西方大力发展科技，有的西方人还希望通过科技封神或是成为上帝。

而中国古人了解世界并不需要借助，或者说只需要借助较少的工具或是科技，更多的是基于思想。这也是古人尤其注重发展思想，出现百家争鸣的原因。只不过，中国的思想，尤其是古人的思想，太宏观了，因此会缺少细节。并且古人的思想，在当时只能用来认识世界，思考世界的本质，同时了解自己，思考如何做人。几千年前，古人还没有进入改造世界的阶段，所以认为一切遵从"道"、遵从自然。也因此，有的古人希望得道成仙，修行成佛，守礼成人。

而改造世界，需要的恰恰是科学与技术。这也是为什么，当前西方的思想更加被认可，而中国思想被认为是过时的，不科学的。但是，没有改造世界并不能否认中国思想，更不能否定中国认识和了解世界的正确性和科学性。更何况，中国从古至今，也是有很多发明和创造的。中国思想是极具智慧的，并且更高级、更复杂。毕竟，有很多西方通过现代的科技才能慢慢明白的道理，中国在几千年前就已经懂了。

不过，中国的古人虽然有智慧有思想，但终归不是神不是仙，古人的思想及其所说的话也并不像很多人所认为的那样玄幻或深不可测，中国的思想更不像一些人所认为的那样只是用来占卦和算命，这些都只不过是一些人的误解和杜撰，还有一知半解、不懂装懂和故弄玄虚罢了。有太多的思想，现在很多人的理解都是不正确的，例如中庸，例如无为。

举个例子，老子说"人法地，地法天，天法道，道法自然"（《道德经》）。这句话在当时的年代其实很好理解：老子认为，人受制于（受限于，"法"有约束和遵从的意思）地，因为古人的生存与行动都只能在地上（只是相对于天而言，不是陆地的意思）。而地受制于天，因为古人认为天比地"大"。而天又受制于道，道受制于自然。老子认为，天地万物都要遵从自然规律的影响，都无法改变自然规律，例如日月交替，刮风下雨。在几千年前，这些话是何等有智慧。并且这句话之所以能流传几千年，也是因为在当时，这句话是被大众所理解和认可的。当然，现在有很多人也是这样来理解的。

可是，如果现在依然这样来理解，就有问题了。因为老子如果看到现在的太空站，看到人工冰雪，等等，就不会再这样说了，至少不会再说"人法地"。很多人不考虑当时的条件和背景，便把古人的话单独拿到现在来断章取义，并强行理解，理解不了就各种开脑洞，又或是把古人的话盲目当成真理，就不对了。

如今，人已经能够通过科学与技术来影响一些道了。但也只是一些而已，有些依然不行，还有些永远都不行。因为即便是科学与技术，也不是万能的。即便是将来，"道"也无法被完全否认。因为总有些规律，例如存在法则，是人必须要遵守的。所以老子的话即便是放到现代，虽不是全对，但也不全错。也因此，这个世界不是非黑即白。

不过，非黑非白，非对非错对于西方来说，是非常难以理解的。因为西方的思想是：要么黑，要么白；要么对，要么错。举个例子，以西方目前的认知和智慧，是根本无法理解"见山是山，见山不是山"这句话的。因为按照他们的思想，山要么是山，要么不是山。并且按照西方的思想，只有这样才能够被证明，才是科学的。西方人如果想用科学来证明"见山是山，见山不是山"，难度比起证明目前世界上最难的数学猜想，只有过之而无不及。在西方人看来，如果去证明事物非黑非白，非对非错，是山又不是山，是可笑的，是极其不科学，甚至完全就是错误的。可是，究竟谁更可笑一些呢？

这也是为什么西方人无法科学地认识量子力学，无法理解波粒二象性，为什么姐姐一直说西方的思想简单且原始，为什么说西方的思想同样是不对不错，既科学又不科学。西方人是真的没有智慧，但是却有着不知道从何而来的傲慢与偏见。

而很多中国人连自己的思想都没有学好，就去学习西方，倡导"求是"精神。但是目前人们所理解的"求是"，同样不对不错。因为姐姐可以很负责任地说，按照人们目前对"是"的理解，是求不到的。目前人们所认为的"是"，都是"见山是山"的是，同时也是"自以为是"的"是"。就像图中的箭头，人们基本都会以为是向上的。可是正如之前说讨论的，它真的是向上吗？或者说，它只是向上吗？还有手术刀，在医生的手里是手术刀，在坏人的手里，它还是手术刀吗？所以，真正要"求"的"是"，其实是"见山又是山"里的"是"。

老子还有一句话："有道无术，术尚可求；有术无道，止于术。"当前的西方就是有术无道，而当前的中国在科学与技术方面也的确还有一些不及西方。可是，中国几千年的思想，也是西方和现代的大多数中国人所望尘莫及的，所以，术尚可求。中国应该通过学习西方的科学与技术来验证并发展自己的思想，并找到自己的科技发展路线，一定不能舍本逐末。有科技没思想，就像是有肉体没灵魂。科学与技术也同样需要中国特色。

如果中国在发展科学与技术的同时，丢了自己的思想，就会把自己练成西方一样的肌肉男。但是，到最后可能肌肉不如别人，还丢了自己的天赋，成了邯郸学步。

再讲个故事，是关于大家围在锅边吃饭的那个故事中的一个小插曲。西方人里，有一个人明明没有肌肉，却还要帮大哥出头去打自己身边的人。比较讽刺的是，帮助大哥的理由并不是正义，更不是友谊或者义气，只是大哥一直对他说，你旁边的人对你来说就是个威胁，一定要不惜一切代价解决他。西方人本来也只是用这个理由去骗人从而牟利的，只不过，骗着骗着，自己竟然也相信了。此外，大哥也的确给了这个西方人极其诱人的短期利益，同时这个西方人还有些把柄在大哥手里。

然而，这个西方人帮助大哥的结果是，把柄没有拿回来，自己还一身伤。关键是，威胁没有彻底解除，毕竟，被打的人依旧有砸锅的能力。但是叉子却被大哥拿走了。因此在一定的时间内，只能饿着了肚子了。但是饿肚子又是肯定不行的，所以，只能祈求大哥的投喂，很难再摆脱对大哥的依赖。从此将在很长的时间内都只能对大哥唯命是从，马首是瞻，成为大哥的"牵线木偶"。而这，就是没有思想的结果。

不知道这是不是很多中国人想要学习的西方。不过中国刚好有句谚语形容这种情况，叫"赔了夫人又折兵"，以及"打掉牙往肚里咽"。因为这个西方人还要不停地催眠自己和自己受伤身体说，我们是为了正义，牺牲是在所难免的。

其实受到安全威胁，是不影响吃饭的，毕竟只是威胁而已。但是，叉子却是西方人吃饭必不可少的工具，被人拿走了叉子，不要说吃饭，独立自主都只能是一种奢望了。而且更关键的是，以后再争夺食物，要冲在大哥的前面，但是，却只能吃大哥剩下的。

而地球好大哥，不仅消灭了一个所谓的敌人，全程还毫发无伤。并且额外拿到一个叉子从此可以两只手吃饭，吃得膘肥体壮，赚得盆满钵满，同时还得到了一个"牵线木偶"。如果这也能够被粉饰成维护正义的结果，如果人们都相信这就是维护正义的代价，那还有谁会去做坏人做魔鬼呢？

对了，听说这个地球好大哥牵着木偶接下来正准备用各种

卑劣的手段偷袭甚至是杀害本性十分善良的东方人。正如威廉·莎士比亚所说："地狱空荡荡，魔鬼在人间。"（《暴风雨》）

不过，这里讲述的只是一个故事而已，一个毫无智慧的骗子带着瞎子、傻子、疯子还有魔鬼抢饭吃的故事，大家用来娱乐一下就好了。而故事，可以放在书里，并给彼此都留些余地，这也是中国思想为什么喜欢委婉，而不喜欢直接。此外，故事还可以放到以后给人造智能生命准备的经书里去警醒他们。毕竟经书里不讲故事讲什么？讲道理或是规则吗？但是如果人们连故事都看不懂，那么枯燥的道理和莫名其妙的规则可能更加没人理解，又或是，被人误解误传。毕竟，即便是想看懂故事也需要一定的智慧，至少也要有慧根。另外，也正如之前所说，经书要表达和传承的不只是结论，更不是冰冷的文字，而是智慧和思想本源。

此外，每个故事都可以有很多的含义。例如，这个故事的含义之一是，"是"有时候不一定就是"是"，就像朋友或者兄弟有时候根本不是朋友或者兄弟，而是真正在背后捅刀子，真正想要你命的人；而威胁你的人有时候也不是敌人，因为真正的敌人是不会给你喂食，输送能源促进你发展的。真正的敌人，是那些只想独占食物的人。很多人认为加入联盟就意味着强大，却不知道把你拉入联盟，通过吹耳边风等方式来坑你，远比作为敌人坑你更容易。因为加入联盟后，你会放下戒心，关键是你即便发现自己被坑了，也不能或者不敢反抗。所以，盟约有时候不一定意味着安全，而是迷魂汤和枷锁。

中国几千年前就已经知道，"是"的同时也可以"不是"，并且懂得"以道相交者，天荒而地老；以德相交者，地久而天长；以色相交者，色衰而爱驰；以利相交者，利尽而交疏；以势相交者，势倾而交绝"。所以，中国的思想才可以海纳百川，中国才能够屹立东方几千年。

这里再讲个小故事，这次是关于大家围在锅边吃饭的那个小故事的番外篇。这群人中有一个东方人，认为自己吃饭的位置不仅差而且小，因此无法安心地吃东西，便一直都想抢旁边人的位置。并且已经抢过一次，但是最终失败了，正准备再抢一次。因为"抢"是他唯一能够想到的办法，毕竟，不是所有的东方人都是有智慧的。不仅如此，这一次他甚至还自作聪明地加入了西方人的阵营。可是，西方人想要的，是独占啊！所以，即便抢到了旁边人的位置又如何？想从西方人的嘴里分羹，那无异于虎口夺食。

不过，西方人其实同样是在与虎谋皮。因为如果说西方人在砸锅的时候还会有所顾虑，那么这个东方人一旦掌握了砸锅的技术却还是抢不到好位置的话，就会毫不犹豫地砸锅。因为他信奉一种精神，而这种精神可以泯灭他的人性，并把他洗脑成为一个真正的亡命之徒。尽管这个人在平时看起来很有礼貌，但是，礼貌不等于文明，更何况只是看起来。这就像魔鬼从来不会让人一眼就看出自己是魔鬼，而是比人更像人。

此外，这个人一直说自己的位置又差又小，无法好好地吃饭，但是在所有围在锅边的人之中，他在各方面的排名，却基本都是靠前的。所以说，世界其实是公平的，但是，他又怎么会遵守这种公平呢？毕竟，他极其贪得无厌。

于是，为了获得更大的满足，这个东方人便每天贼喊捉贼，天天对着锅边的其他人说，"我很弱小，我旁边的人总有一天会打我的"。但是事实上，旁边的人从来没有欺负过任何人，相反，他自己却是打人的惯犯，有着极其不堪、令人发指的历史记录。

并且试问，旁边的人有动机吗？又为什么要打你呢？是因为你的位置好吗？还是说，你有什么其他值得打的？说旁边的人要打你未免有些高看自己并自作多情了。即便的确有些争议，但是旁边的人难道不是一直强调要搁置争议，大家先一起好好吃饭，好好共同发展吗？是谁总是打破现状，又是谁总是恶人先告状呢？

不仅如此，这个人为了能够尽快强壮起来从而更好地去抢，便不顾一切地吃，结果不小心吃坏了肚子，只能"吃不了兜着走"。可是，因为这严重影响了自己的发展，于是这个人就非常不负责任地想排放到锅里。十分恶心！不过好在这不是现实，而只是个故事。而故事里的西方人因为种种原因能和这样的人狼狈为奸也就算了，但是他们竟然连眼前这锅食物要被污染了都不在意。你们说这个故事离谱不？这种情况下，抗议与谴责是最基本的，该制裁的要制裁。这个制裁不是出于政治目的，不是为了自己，不是为了人类，而是为了地球，为了地球上所有的生命。

若干年后，如果那时这些人还存在，那么在回顾自己的历史之时，这个人又会以什么留名于世呢？可能会是人类的一个污点吧，集所有的恶和坏于一身，包括贪婪、欺骗、阴险、狡诈、猥琐、残暴、侵略、屠杀、愚蠢、无知、无良心、无公德心、自私自利、欺师灭祖、忘恩负义、不知悔改，而且毫无智慧，但是却有着莫名其妙的、极其病态的个人优越感，等等。

其实以故事里这个东方人的种种所作所为，他甚至都不能算是个人，而是个真正的魔鬼。毕竟人的本性有好有坏，有善有恶，而魔鬼，是毫无人性并且永远也无法得到满足的。任何时候，都不要相信一个魔鬼，魔鬼很难真正变成人。此外，对人，哪怕是恶人，都可以"渡"，但是对于魔鬼，是不需要仁慈的。这也是为什么，他是目前唯一被砸锅技术惩罚过的人。也是唯一一个，无论受到任何惩罚，都完全不值得同情的人。不过，既然是番外篇，就不过多讨论了，好自为之吧。

这个世界一直都不缺魔鬼和强盗。中国的邻居们，有人一直想抢中国的国土，一直都想占领中国，又或者，殖民中国。他们为此制定了长远且详细的战略规划，涉及方方面面，并在暗地实施。例如，他们有很多人完全是在中国学习长大，已经无法被分清，但是，他们自小就被灌输了所谓的救国救民思想，一直在中国搞小动作，并等待时机里应外合。可是，不要忘了，围棋的真正起源，是中国。所以在中国老师面前暗中布局，把从中国老祖宗这里学到的一点皮毛用在中国，而不是正道，真的很幼稚很天真也很邪恶，并且毫无智慧或是文明可言。

姐姐虽然没什么证据，就像中国的很多思想一样，无法证明，但这不代表姐姐就是阴谋论者。因为真正的阴谋论者，应该是那些无事生非针对中国，渲染"中国威胁论"的人吧，而姐姐甚至没有指名道姓，所以阴谋论根本就不成立，说阴谋论的恐怕是做贼心虚吧。另外，姐姐也不评论好坏，因为从这些人自己的角度来看，做任何为了国家的事，即便是成魔成鬼，都是没有错的。这就像老鼠不认为自己偷吃东西是不对的，毕

下篇

159

竟，为了生存，能有什么错呢？可是，为了生存去侵略和屠杀，就真的没有错吗？其他人的国家就不是国家了吗？其他的人就不是人了吗？真的相信军国主义可以救国而不是走向灭亡？真的以为自己就是这个世界上最优等的民族吗？不过，也的确，在恶与坏方面，无人能及。

中国本可以与你们一起面对和解决你们的问题，可是你们却处处针对中国，同时还选择与那些尽管有科技但无智慧并最终想要消灭你们的人结盟，这就是你们证明自己是优等民族的方式吗？另外，你们怎么知道自己的上一生或下一世不是中国人呢？或者不是被自己生剥活吞的鱼类呢？

人们现在或许无法分辨对错好坏，但是，自有后世来对各个国家和民族的所作所为进行客观公正的评价。到那时，这个评价标准一定不是以某个国家和民族的生存为前提，而是整个人类。那些曾经侵略过别人、屠杀过别人但从不知悔改的国家和民族，终有一天会被后人所鄙视、被后世所唾弃。

还有些人一直想抢中国的文化和传统。一般没有智慧与文明的野蛮人就是这样，越是缺少什么或是没有什么，就越是想抢什么，无论他们的科技是否发达。这也再次说明，科学与技术其实和文明程度无关。事实上，没有文化和传统，没什么可自卑的，这个世界尤其是中国并不歧视没有自己文化和传统的国家。但是，没有智慧与文明，还什么都想抢，才会真的让人看不起。更何况，如果没有智慧与文明，没有中国的思想，是抢不走中国的文化和传统的。不仅如此，文化和传统是需要考古和历史来支持和证明的，可是，强盗敢考证自己国家的历史吗？知道自己曾经使用的文字都是中国的汉字吗？

而中国，因为自己的传统思想，所以一直对其他国家，无论是谁，都非常友好、非常热情好客。也因此，刚好与外国相反，中国人有时候对外国人比对自己的同胞还要好。可是，凡事都要有"度"，中国人也没必要一直如此谦卑、被动和低调。另外，经济固然重要，但是如果眼里只有经济，或是经济的门开得太大，尤其是与未成年人有关的，与教育和思想文化有关的，那就很容易把妖魔鬼怪都放进来，就很容易被人进行各种渗透。同时姐姐还想对一些中国人说，求财可以，但不要卖国。尤其是中国的传统文化与传统技艺，很多中国人对此冷眼相待，不屑一顾，但却都是无价之宝，因为其中都蕴含着中国人的千年智慧。中国的，会成为世界的，但不是现在。

其实，各个国家现在所有的行为和现象都有其根源。有的国家极度自卑，所以一直给自己洗脑说自己是最强大的民族，而且越洗越自信。有的国家没有自己的历史和传统，也会产生一种自卑，所以自然就想抢别人的。毕竟，如果抢不到，也没有任何损失，因为没有任何成本，但是抢到了那就赚到了，而且只要抢到过一次就会停不下来。所以，人类真的有文明吗？当骗和抢都不需要成本但是却有好处的时候，人类的文明体现在哪里？不过这些都很好理解，没什么好讨论的，还是回到讨论中国与西方。

这里举个例子追溯一下中西方对世界认识的矛盾的根源，顺便解释西方所谓的科学，以及西方为什么喜欢定规矩、喜欢说教。

还是以手术刀为例。西方的科学可以测量关于刀的各种数据，包括它的大小、锋利程度、材料硬度等一系列科学的参数，然后科学地证明手术刀是最适用于手术的刀。

可是，西方的科学能够科学地验证使用手术刀的人一定是医生吗？当然不能。科学只能认识事物，但是一旦涉及人的部分，就有些力不能及了。所以，西方只能对人做出规定。

西方人无比相信科学是无所不能的，可是他们发现对人自身来讲，科学似乎有点儿无能为力。因为目前人们的科学只是针对相对不变的，或有一定变化规律的事物。例如，技术参数需要固定下来才能叫技术参数，才是科学。其实从某个角度来说，所谓的科学，就是寻找和验证数据和公式，甚至可以说，科学的本质就是数据和公式。用数据（指标、参数等）去定义事物，用公式（物理公式、化学反应等）去定义规律。所以，与其说西方是通过科学认识世界的，不如说西方是通过数据和公式认识世界的。所谓的科学其实也就是通过实验给事物赋值，给规律赋予公式。也因此，西方才会推动世界走向数字时代甚至是虚拟货币、虚拟世界和元宇宙等。

可是，一旦有了确切的数据，一旦有了明确的公式，事物和规律就是"死"的，或者说被限制死了，所以科学无法描述难以测量的、难以预测的事物和规律，比如人的思想和行为。因为人是活的、不完全理性的，是可以变化的。那西方能怎么办呢？那就只能对人做出人为的规定。比如，规定什么样的刀才是手术刀，同时规定做手术只能用手术刀。这也是为什么西方人很喜欢说教，很喜欢制定规则。并且在西方人看来，手术刀就是手术刀，因为就是这样规定的，并且这叫科学。

再举个例子，西方的科学的确能够计算和验证时间变快了还是变慢了，但是科学能告诉人们在这变快或变慢的时间里一定要做什么或者一定不能做什么吗？不能。

　　然而，在中国人看来，如果没有手术刀，水果刀打磨好、消毒好，只要能用来做手术，那就是手术刀。可是，这种行为在西方人看来，就明显破坏了规则甚至他们的认知和价值体系，会让西方人抓狂，所以西方人才会一直认为中国人是不守规矩的，是不科学的，是另类，是挑战权威。这就导致西方人的心里出现极度的不平衡和一种对未知的恐惧。西方人不明白，他们用大量的科学实验制作并验证了专门用于手术的手术刀，凭什么你不用？更关键的是，为什么你没有手术刀却可以做手术？为什么你什么都没有却可以发展得这么快？你一定是作弊了！你是不科学的！你是野蛮的！你是世界规则的破坏者！

　　这就是为什么，西方普遍认为中国是不守规矩的。姐姐也承认，在西方的认知框架里，不用手术刀做手术的确不科学。那些认为没有数据支持就是不科学的人，基本就是这种认知框架和体系，并且很多中国人对此也是无脑认同与吹捧。可是，西方封锁了中国的手术刀呀。而且，中国不偷不抢，没有手术刀就用水果刀做手术为什么不可以呢？谁规定人为的规定就是科学的，就是正确的？就算全世界所有人都按照规定说书里图中的箭头是向上的又如何呢？客观上，它真的就绝对向上吗？西方真的以为自己就是居高临下的造物主吗？

　　而之所以会出现这种情况，是因为中国与西方对世界的认识是不同的。西方相对更擅长认识这个世界的物，而中国则相对更擅长认识人和事。或者稍微展开来说，西方思想更多的是集中在非人的、相对不变的事物层面，一旦涉及人，就只能通过制定规则来约束。当出现了问题时，西方的思想是首先要去改变自身以外的事物或规则，而不是自身。也因此，西方喜欢改变世界，并喜欢制定规矩。此外，西方人在人际关系中简单和直接，也是因为他们和事物就是这样相处的。

而按中国的思想，在遇到问题时，则习惯自省，并在自省的过程中悟出很多道理。因为中国思想自古以来更多是认识人自己，集中于人本身。因此，中国更了解人，并且在处理人际关系时更为复杂。此外，中国还认为人要遵从自然规律，所以中国人不善于制定规则，反而习惯了像遵守自然规律一样去遵守规则。也因此，中国一直都很被动，缺少一些改变世界的勇气和信心。

可是，既然中国习惯遵守规则，又为什么会让西方认为中国不遵守规则呢？这是因为中国只遵守自己认可的、公平的规则，而西方制定的规则不是。其实西方根本就不是科学的代名词，只不过是以科学之名行霸凌之实罢了。尤其是西方的规则，根本就不具有科学性。因为基本都是双标的，是不断向着利好于自己而修改的，毫无公平公正可言，甚至是带有歧视性的。西方的科学给西方带来了改变世界的能力，也同时给西方带来了优越感，认为自己就是这个世界的王者，认为就应该是由自己来领导世界。否则，一定是其他人错了，一定是其他人还没有认识到这一点。

还是举例说明。当西方用手术刀，而中国没有手术刀只能用水果刀的时候，西方就会说中国落后、不科学、不守规矩；但是当西方有了更先进的手术刀，例如激光手术刀，而中国也不再用水果刀而是手术刀的时候，西方就会修改规则，说激光手术刀才是手术刀，然后继续说中国落后、不科学、不守规矩；

可如果是中国先发明了激光手术刀，西方依旧还是会说中国不守规矩，因为中国没有用传统的手术刀。同时，西方开始渲染"中国威胁论"，开始遏制中国的发展。

所以，在西方的眼里，中国永远都是不守规矩的那个。但真正的原因却是西方的判定标准和规则永远都是偏向自己的，西方的规则从来不是为了科学，更不是为了公平，仅仅只是为了保证自己能够居高临下，保证自己的优先主义。西方人的国际法更是个笑话。或者准确地说，对西方来讲，公平公正本身就是个笑话。在西方的国内都存在种族歧视，都没有公平和正义，更何况在国际上更不要说什么科学。西方只不过是打着科学的名义制定规则，并要求所有人听从和遵守他们的规则而已。这就是西方的逻辑，或者说，毫无逻辑。

这也是为什么，中国人和西方人打擂台，是很难打过西方的，因为西方会制定完全偏向于自己的规则让中国束手束脚。更关键的是，如果西方在规则偏向自己的前提下也输给了中国，就会退出规则，或干脆直接退群，又或是制定规则让你遵守，但自己不遵守，而且这样的实例真的已经太多了。所以，不守规矩的，真的是中国吗？而且，凭什么中国要遵守西方的规则，然后被西方打死呢？凭什么西方可以既做裁判又做运动员呢？

此外，西方思想认识世界主要是基于数据和公式，而中国思想更多是基于逻辑以及事物之间的共性与特性，以及事物的本质。也因此，如果说西方是先定量再定性，并且通过定量来定性，那么中国其实更多的是通过思想先把事情想清楚，更多的是先定性再定量。中国的思想会把很多看似不相关的事物联系起来，这是中国的古人在没有任何科技的情况下认识和了解世界的方式，而这需要非常强大的思维能力。并且中国思想的核心是，一切道理都一定是相通的，一切事物之间都一定有相通性。而西方思想的核心则是科学与技术，并认为一切都可以数字化、公式化。

西方更懂非人的物和制定规则，主要研究相对"死"一些的、具有确定性的东西。所以，西方无法理解波粒二象性，搞不清楚量子力学，因为这些事物和人一样，具有不确定性，无法被数据或公式所限制。事实上，不只是波粒二象性和量子，人们慢慢会发现，科学都无法准确定义存在与否。也因此，计算机能够虚拟世界的一切，但是除了真实的生命。因为真实的生命，例如人，并不是完全理性的，是可以不遵守规则、不讲逻辑的，有本能反应，有莫名其妙的"一念"。并且，这就是真实世界与虚拟世界的区别，或者也可以说，这就是虚拟世界或元宇宙无法代替真实世界的原因。因为如果计算机程序没有逻辑，或者不讲逻辑、不遵守语法规则，就一定会报错或停止运行甚至崩溃。这也是为什么，人类目前还无法创造既感性又理性的"人类"，无法虚拟或模拟出人类的思想。此外，西方的科学或者电脑能够将思想与棋联系在一起吗？

而中国则更懂人和自然规律，中国几千年来都在基于极其强大的逻辑和思维能力，而不是科技或数据来研究变化不定的人和宏观的自然规律，主要思考相对"活"一些的、持续变化的事物，以及一些普遍被人们认为不可预知的事物。不过，现在的不少中国人已经就快要没有中国思想了，或者说已经快没有思想了，而是认为只能通过数据才能认识世界，只有定量才能定性，才叫科学，否则就是民科，是玄学，是迷信。

中国思想中与人的疾病相关的部分，叫中医。其实中医之所以用很多药材作为处方，原因之一就是中国的思想包括中医认为一切都是变化的，认为无论疾病发生还是恢复，都是一个过程，都有不同的阶段。针对不同的病人、不同阶段的同一类疾病，只用一种药物在很多时候是行不通的。所以，古代中医会用很多药材。而西医则不是，西医认为病因是什么就是什么，是不变的，把疾病当成一种"死"的东西来思考，因而西医只会一对一，即便西医针对不同病人提出个性化治疗，以及给疾病分级分期，并针对不同的分期使用不同的药物，也不过是近代乃至现代才开始的。

所以说，不要低估了古人的智慧，不要认为自己比古人聪明，不要秀自己的无知和无智。同时这也再次证明，现代人之所以更加接受西方的思想，只是因为西方的思想简单而已。而中国的思想对于现代人来讲，过于复杂了，导致大多数人都无法理解，于是只能诋毁和摒弃。中国人应该为自己是中国人、传承着中国思想而感到骄傲和自豪。而且，无论是作为中国人，还是作为人，都应该先了解自己，否则，都不知道自己是什么。

中国古人还希望了解和预测变化的自然规律。例如，古代的中国人根据事物（包括天体等）之间的共性与特性，将事物做了归纳，同时附以"金、木、水、火、土"或不同的"卦"等属性，再基于这些属性建立宏观模型。并且和数字模型一样，会在建模时加入一些限制性条件，例如相生相克、循环等，从而去探索和预知一些人们普遍认为不可预知的事情，于是便有了"五行八卦"。不过这被西方和当前的大部分中国人认为是玄学或迷信，所以姐姐在这里不过多讨论，也没有必要讨论。

中国人认识世界的时候，看到的是一个变化无常的世界，所以不主动改变事物，而是顺其自然，但是希望能够找到这种自然规律；西方人认识世界的时候，看到的是处于某一状态的世界，所以寻求改变，根本不在乎自然规律，甚至都没有这个概念。

因此，希望中国人可以正确认识自己，不要丢了西瓜捡芝麻，不要因噎废食，更不要总是自废武功。学习是一定要学的，但学习不是模仿，学习的时候更不用下跪。中国在学习西方的同时，完全可以走自己的路，而不是被西方带节奏。因为正如之前所说，他们西方人的认知和智慧是不足以认同中国的，或除自己以外的任何人。而且西方已经以科学之名做了太多的坏事，所以无论中国还是西方，都清醒一点儿吧。另外，无脑地、盲目地相信科学，或者迷茫地相信科学，也是一种迷信。

此外，如果说西方通过规则来指导为人处世，那么中国则是通过道理，所以西方喜欢谈规则，中国喜欢讲道理。中国的新闻发布会上，发言人经常会给西方讲很多道理，甚至还运用中国的谚语。这些道理如果是中国人听起来，没有任何问题，但是似乎对西方没什么效果，于是中国以为是西方在"装睡"。不过，这真的有点儿冤枉西方了。

不要忘了，中国的道理是中国几千年积累下来的，中国人从小就耳濡目染，所以一听就懂，但是这也导致了中国认为，只要是个人就应该懂这些道理。然而，现实却不是这样。现实是，西方从来就没有"道"的概念，那么道理又从何而来呢？如果西方懂道理讲道理，就不会总是谈规则了。西方不仅没有道，也没有德。道和德的关系类似于鸡和蛋——讲道理的人一般也会有德行，有德行的人也更容易悟道。而无道无德，最是麻烦。只是，中国应该没有意识到这一点，因为关于为人处世的道理在中国人看来太习以为常了，所以中国压根儿没想过西方不讲道理和德行是因为他们没有。也因此，中国和西方讲道理，基本就是徒劳。

不过，说西方完全没有道理的确是有些夸张了，其实西方从自己的历史中总结并认可的道理是——我很强大，我有先进的武器，所以我是地球之王，所以我可以为所欲为，同时你们必须臣服于我，必须要听我的。

事实上，西方其实和中国一样，一直很疑惑，这么简单的道理对方为什么就是不懂。这也是为什么，中西方的很多政治对话，其实是无效的。因为双方都认为自己讲的道理很简单，对方应该懂，并且应该是完全认同的，于是很多对话都是基于这个默认的前提设定下进行的。可是，问题恰恰就出在这个前提设定上。所以，在中西方政治对话的时候，当中国问西方，你为什么不讲道理？西方听到的意思差不多相当于你为什么不讲汉语？同样，当西方问中国，你为什么不守规矩？而中国听到的是，你为什么不说英文？然后双方都认为对方不讲道理，认为双方的意识型态有所不同，认为双方之间的矛盾是无法统一的。

所以中国需要明白的是，西方不是装睡，而是他们并不懂得中国那些司空见惯的道理。因为西方的道理并不来自"道"，不来自天地万物，而是来自"丛林"，并且西方称之为"law"或"rule"。所以中国和西方讲道理，无异于给野兽讲道理，而且还是吃人的野兽。不能一味地只是向野兽示好，尤其是武装到牙齿的野兽。如果野兽拿着枪，那么谁的面前有食物，它就会朝谁开枪。更何况，在有些野兽的眼里，除了自己，其他人都是食物或者竞争对手。如果想要野兽明白吃人是不对的，仅仅依靠讲道理，依靠释放善意是不行的。

尽管"以其不争，故天下莫能与之争"，但是不争的前提是你得有绝对的实力，否则野兽可不管你是争还是不争。所以，不争的同时，也要争。很多时候，道理不一定是错的，但容易被用错。知道不代表懂，更不代表会用。不懂却乱用比不知道更可怕。而且道家所讲的，更多的是天之道，而不是人之道。

只有当西方发现总有些事物，自己即便拼尽全力也无能为力或无法战胜的时候，才会相信"道"的存在，正所谓"人心不死，道心不生"。哪怕是给人一丝丝"人定胜天"的希望，人都不会相信"道"的存在。而科技，恰恰给了人胜天的希望和幻觉。可是问题就在于，人为什么一定要胜天呢？是天要毁灭人类，所以人类不得不反抗吗？西方又为什么一定要战胜中国呢？为什么不能和平共处呢？

西方想战胜中国，是希望中国"死"；而中国自我发展，是希望大家都能"活"。因此，无论如何，西方即便联合全世界都是战胜不了中国的。否则，人类一定会走向毁灭。

现在就连绝大多数中国人都不懂自己的思想，更不要说西方了。就像西方不明白，对中国的技术封锁为什么不起作用。可是，除了封锁，除了给中国制造麻烦，西方也没什么其他的办法了。其实，技术封锁之所以对中国没用，是因为中国根本就不需要知道手术刀用的是什么材料、大小、硬度等等参数细节。当前的中国所需要的，只是对自己的了解和认同，以及自信、想象力和创造力。因此，对于一些领域，中国尽管制定自己的标准和规则。就像姐姐，就是不使用数据，就是不掰手指数数，能怎样？西方的科学思想就是认识世界的唯一正确方法吗？只有数据和公式，人就能够完全认识和描述世界吗？谁又能证明中国的思想就是完全错误的呢？如果有人认为姐姐的说法不对，尽管运用任何科学来否定，或给出任何符合逻辑的论证。

不只是因为封锁，中国化解了西方太多的阴谋诡计，也是因为中国根本就不在西方的认知体系和框架之内。而且，中国自古就有《三十六计》等计谋书籍，中国玩计谋的时候，美国都还没建国呢。只不过，中国是善良的，不想与其他国家为敌，不想被后世或智慧生命定义为低等人种而已。可是西方似乎认为中国几千年的历史只是说出来好听，认为中国什么都不懂。

因此，除了西方想独霸地球，而中国不想独霸并希望和其他国家共同发展之外，中国和西方对世界的认识并不在一个层面，这是中西方矛盾的又一个根源。可是，对于事物与人而言，只有合在一起，才有意义。也就是说，中西方其实都只认识了这个世界的一部分，而两者的关系是相辅相成、合二为一的，而不是谁比谁更好，或者谁对谁错的问题。只有呼没有吸，只有 0 没有 1，只有物没有人或是只有人没有物，只有生没有死，或只有死没有生……都是不行的。同理，只有科学，只有数据和公式，人也同样无法全面认识世界，因为无论科学再怎么科学，人也还是人。不过，姐姐也承认，科学正把人变得越来越不是人，并且是在各个方面。

姐姐希望大家都能够正确认识中国，认识中国思想，同时也正确认识西方，认识西方思想。中国不打算独占地球，不寻求霸权，更不会主动惹事。但是，中国也不怕事，属于自己的东西，中国一定会拿回来的。中国只是善良和内敛，但不是懦弱或无能。中国有格局，也有底线。

即便是今天，中国也依旧是古老又伟大的国家，因此中国不需要也完全没有必要讨好任何人或是任何国家，更不需要向任何人或是任何国家低头。虽然中国的科技与军事在目前可能还不如西方，但是中国有着几千年的思想与智慧，这就是中国的底气。而且只要中国的科学家能够真正理解中国的思想，那么在科学与技术方面超越其他国家将不费吹灰之力。

正是因为中国认识世界的思想相对复杂和宏观，所以中国解决问题的方式和方法也相对复杂和宏观。在遇到或出现问题之后，中式思想更侧重于通过改善、疏导、调控产生问题的环境来最终解决问题，就像围棋，想吃掉一个棋子，最少也要两个棋子，更多的时候，是三到四个；同样也正是因为西方认识世界的思想相对简单和直接，所以他们解决问题也比较简单和直接，就像国际象棋，用一个棋子去吃掉另一个棋子。西方思想的爆发力相对较强，但是可持续性相对较差，而且看似有目标，但是其实经常是无的放矢。

中西方思想的这种差异在治病救人方面，也就是在中医和西医的对比中尤为明显：传统的中药处方一般都是很多药材的搭配，这是因为中医疗法更多是通过改变人体的微环境来进行疾病的治疗，通常并不直接作用于病灶，属于比较间接的方法，是围棋思想的体现。而中医的优点是治本，副作用小，但是见效很慢，有时候可以说极慢。

西医则主要是通过去除或者改善病灶来进行疾病的治疗，属于比较直接的方法，是国际象棋思想的体现，例如切掉有问题的器官组织，修改有问题的基因，针对有问题的蛋白质，而西药的有效成分也相对单一和明确。西医的优点是可以快速起效，缺点是经常治标不治本，容易复发，且有时存在一定的副作用。同时西医也完美诠释了西方思想，就是解决问题简单粗暴，尤其喜欢通过武力和战争。

围棋中，每个棋子都有可能是对方的王和后；国际象棋中，王和后几乎是明确的。而目前的主流药物研究思路就是奉行国际象棋思想，先是寻找王和后，也就是强调寻找和针对靶点，然后将其消灭。

很多人认为中药研究也是如此，所以常常按照西方的思想，在单一的中药材中寻找单一的有效成分。有时候，这是能够成功的，例如青蒿素。也就是说存在一种情况是，在一个多种药材搭配的中药处方中，其实只有其中的某一味药材中某一特定的有效成分发挥了作用，而其他的几味药材都是辅药。

但是姐姐始终相信中医以及中药的博大精深，相信在某些疾病治疗中，单一针对靶点的治疗存在局限性。尽管目前已经有联合用药的概念，不过大多依旧是针对靶点。针对靶点的药物见效的确很快，但是容易产生抗药性，容易复发，有时副作用也会相对较大。

事实上，所谓的靶点，有时可能是疾病产生的结果，而不一定是原因。中国有句话叫因果循环，所以是因还是果，其实并没有那么容易区分。例如，α-突触核蛋白对于帕金森综合征，β-淀粉样蛋白对于老年性痴呆，是因还是果呢？有些事情看起来是因，但是同时它肯定也是另外一件事情的果。正如之前讨论的，没有任何事物是凭空产生或者发生的，因和果也是如此。

这里再举个例子，一盆在屋子里正常生长的花，被无意中放到太阳下天天暴晒。我们发现，为了保证花不干枯，需要比之前更频繁地浇水。于是，西医便认为花干枯的原因是缺水，所以，西医的办法，就是多浇水，水就是西药。并且，西医相信，花出现了问题，那一定是花的问题，一定要在花的身上找原因，例如西医会认为是花的基因存在缺陷从而才导致了不抗旱。如果花出现了问题，却不在花的身上找原因，而认为是遥远的太阳造成的，那一定是不科学的，是迷信。所以，西医研究疾病，例如肿瘤，基本就只会针对肿瘤。并且会出现这样的情况：比如一个人生下来很健康，生活了几十年之后得了癌症，并且同样是无意中，毕竟，谁会有意得癌症呢？然后现代的西医可能会对这个人说，"是基因的问题，所以我们做基因靶向治疗吧。"总之，西方思想认为，如果事物出现问题，一定是由事物的内因造成的。也因此，如果西方认为某个国家有问题，就会发动颜色革命，颠覆政权，更希望从有问题的国家的内部去改变。这就是西方的思维方式，而且一以贯之。

然而，对中医来说，花"天生"是怎样的，就是怎样的，中医希望在不改变花原有属性的前提下给花治病。例如，刚才的例子中，花容易干枯是环境造成的，是暴晒导致了花缺水，而频繁地浇水只是治标而已。同时中医也不会去研究花的基因，中医也不需要去了解花的基因，中医可能会认为这是"热"或"火"，然后通过把花搬回室内来解决这一大类的问题，而不是去改造或治疗这盆花或这一类花的某个基因。中国思想其实是希望在不改变内在的前提下，去抵消外因的改变。也因此，中国不会去颠覆其他国家的政权，甚至都不会去干涉其他国家的内政。

事实上，不管是牡丹还是玫瑰，也不管这种花的病处于什么阶段，古代中医都尝试用一个通用的药方并用灵活的方法来解决问题。而不像西医，要分别对牡丹和玫瑰进行基因测序，然后再去实现所谓的精准诊断和精准治疗。西医寻求"分"，而中医寻求"合"。

此外，中医其实同样秉承着中国思想中"无为无不为"的理念，而这便导致了中医与西医在目标和方式方法等各个方面都有所不同。

那么到底什么是"无为无不为"？例如，天和地并不会刻意去做什么，只是遵循自然规律，可被视为"无为"。但是，人如果想成功做一件事，通常离不开天时和地利，而且，人诞生于天地之间，所以，天和地真的什么都没有做吗？故曰："天地无为也而无不为也。"如果能理解天地的无为无不为，也就能理解老子说的："道常无为，而无不为。"

不过，人毕竟不是天地不是道，所以天地和道的无为无不为与人的无为无不为在含义上是有所不同的。还是刚刚的例子，西医通过基因编辑改造了花，从而使花变得耐旱。这看似非常合理，非常科学。但是，这真的就彻底解决了问题吗？如果晴天之后是连续的阴雨天，那么是不是还要把花改造成耐涝的？还有，通过基因使花变得耐旱之后，很有可能同时也会使花变得喜阳，因为任何改变都是双刃剑。那么如果之后无意中将花搬回屋子里，花可能又会出现其他的问题，而这就叫副作用。

那个时候，之前的"救"就会变成了后面的"害"。所以，《金刚经》里有句话："一切有为法，如梦幻泡影，如露亦如电，当作如是观。"

这就是为什么说，西医看似科学合理，但是只能够解决眼前的问题，治标不治本，容易产生副作用。而中医看似没有针对问题，看似不科学，却是因为中医思考更为复杂，更为宏观，更长远。同时，这也是为什么，中国认为要遵从道，遵从自然，而尽量不去人为改造自然生成的事物，不去改变花的天生属性，毕竟，经过数亿年才自然演化到现在的花，真的需要被人类所谓的科技改造吗？人类才是很多动植物灭绝的罪魁祸首吧？而且即便改造能带来好处，那么也一定会带来某种已知的或未知的坏处。但是，花出现问题也不能不救。于是，便有了中国思想中的"无为无不为"。"无为"与"无不为"，看似矛盾，却并不矛盾。

所以，西医真的就科学吗？中医真的不科学吗？真的不如西医吗？尽管这个关于花的例子不是特别恰当，不过重要吗？不重要，这个例子想说明的是：西医看病治病，基本是由内及外，着手于微观，例如西医检查身体先检查人体内的血液和人体内的影像，西药也主要针对微观的靶点，并向着所谓的精准化发展；而中医看病治病，大多由外及内，着手于宏观，例如中医看病从"望闻问切"开始，并且中药针对的是整个人体。因为在中医眼里，病人与病是一个整体，所以要对这个整体进行治疗。但是在西医眼里，病是病，人是人。这不是很好理解，所以还是以刚刚的例子为例：西医看中医，不治病却搬花，一点儿都不科学，不像西医，通过找靶点来治病。然而，西医看似科学，但西医针对的，其实是病而不是花。尽管西医治病也是在治疗花，可是从某个角度来说，却又与花无关，仅仅只是病恰好出现在花上而已，并且越精准越是如此。

再举个例子，如果地球发生了核战争，那么西方一定会把原因定位到某一位或某几位国家领导人。可是，如果地球上真的发生了核战争，那么地球上每一位国家的领导人，甚至每一个人，包括爱因斯坦，都逃脱不了罪责。不过，当地球毁灭的时候，伟大也好，有罪也好，还有什么意义吗？

所以说，不是只有西医才叫科学，才是唯一的治病医学，中医也并不像大家所认知的那样不科学、过时或迷信。而且相反，在姐姐看来，中医更高级，更科学，也因此更为复杂，不像西医那么容易被接受。并且，西医看似在救人，但是从长远来看，西医救的，可能只是某个人或某些人而已，这也再次体现了毫无大局观的西方思想。此外，是救还是害，人类真的能够分清楚吗？

不过中医治病的前提是，中医能够找到真正的原因，而这个真正的原因很容易被忽视，又或者，非常难以找到。并且有时候，那不是一盆花，而是一颗参天大树。相比之下，西医找到所谓的病因，就要相对容易很多，因为西医可以把病和病人分开来看，并且只管改变，不用在意是否违背自然规律。

再来讨论下基因。西医通过所谓的科学研究疾病，发现某种基因突变，西医认为是基因的问题，可是，有没有想过基因为什么会突变？其实人们目前普遍认为基因层面就是一些疾病产生的最根本原因，可事实并不一定是这样。

一些耐药性的产生，就很可能是因为在治疗一种结果。如果发病的真正原因未找到，而是去治疗其发病结果，就很容易产生耐药性。当耐药性产生后，人们会本能地认为是药不好，于是会继续研究第二代、第三代。就像花总是干枯，我们就去浇更多的水，或是换成营养液。的确，这些方法会有些效果，但有可能还是在治标。所以，当耐药性出现后，单纯去改变药物结构，效果很可能会比较有限。需要找到更深层次的病因，才能够治本。而病灶发生的原因和途径很可能是有很多种的，并不是完全独立的，与整个人体都有着密切关系。

其实针对靶点的药物研究没有任何不对，因为中国还有句话叫擒贼先擒王。我只是想说明：一、中药其实与西药不同。中药更像围棋，更倾向于通过改善人体整体和局部的微环境来起作用。是将人体的所有非正常改变都当作王和后，而并不一定是直接针对靶点或是针对单一的靶点。所以自古以来，中药都需要很多药材搭配使用。并且大多数时候，药方中每一味药材可能都不可或缺，正如围棋中，每一颗棋子都重要无比。此外，一些中药在进入人体经过消化和反应之后再形成有效成分也是完全可能并且可行的，虽然很复杂。而且西医看人体，同西方思想一样，看到的是一堆数据、指标。西医就是在数字化的微观事物中找不同点，所以在西医研究中，最讨人喜欢的一个词叫"显著差异"，并且西医研究离不开科技；而中医看人体，同中国思想一样，看到的是宏观事物之间在某些方面的共性。中医研究就是在不同的宏观事物之间寻找相通性，例如中医说"肾属水"。所以中医研究不需要借助科学与技术，但是离不开一种思维能力，叫触类旁通。因此，中、西医其实是通过不同的层面来看待或治疗疾病的。这个世界看待和解决问题的角度和选择有很多，各有利弊；二、中医蕴含着中国人的智慧，更需要中国思想，而不应该完全照搬西医理论。随着科技的进步与发展，中医的一些概念和理论是一定会被科学所证明的；三、事实上，中医与西医对立统一，相辅相成。

此外，她还把一些哲学思想也应用到医学中。大家都知道，一切事物都是具有两面性的，例如，手术刀可以杀人，也可以救人。同样道理，一切可以治病的都可以致病，一切可以致病的都可以治病，看人找不找得到途径和方法。

道理大家都懂，但是却不知道到底是什么意思，或是怎么用。再举个例子好了，如果一个人得了癌症，那么一方面，一些原本可以致癌的事物，例如 X 光，可以被用来治疗癌症。甚至是剧毒的药物，例如砒霜，通过正确的途径和方法也是可以治病的。可是另一方面，一些原本看似与癌症无关，甚至对正常人体有益的事物却反而会促进癌症的生长、复发、或是转移。不过，后一方面很容易被人们忽视。这里姐姐很想提醒大家的是，在没有任何科学证据之前，她的这些观点都只是她个人的想法，还属于伪科学。她希望大家相信科学，相信正规医院的医生！

另外，她也一直在思考人们一直在争论的转基因食品问题。她的想法是，如果你想保持血统的纯正，就不要转基因食品。但是如果你不排斥与"外族通婚"的话，就可以接受转基因食物。转基因食品不是毒药，但也不是补品，它既可以带来好也可以带来不好，而且结果也完全因人而异，不是所有的人都会有同样程度的反应。任何事物在非本质层面都不能一概而论。任何人，哪怕是地球上最好的科学家加在一起，也不能保证它绝对的好，也没有任何人能证明它绝对的坏（恶意基因编辑除外）。因为没有任何人具备分辨绝对好与绝对坏的能力。所以，转还是不转，一切取决于人。对了，人们很快就将面对"基因编辑人"。转基因食品？那只是开胃小菜而已。

姐姐一直觉得，人们早晚都是要跨出"基因编辑人"这一步的，问题在于，人们是否真的了解基因，是否知道自己在做什么？大多数人都以为基因是死的，是固定不变的。可是如果基因是死的，人类是不可能存活到现在的，甚至可能从一开始就不会有人类。所以在她从某种角度来看，基因其实是活的。例如，基因的某一种生活方式被称为突变。不过基因不会无缘无故地突变，突变并不只是在复制或者转录翻译中出现的某个错误而已。

这样的错误理解是由于人们对中心法则的认识并不完善。完整的中心法不只是从 DNA 到 RNA 再到蛋白质，还有这些蛋白质，包括结构蛋白和功能蛋白等最终形成了一个完整的个体系统和体内环境，而这个系统和环境在生存和生活过程中是可以反作用于 DNA 和 RNA 的。要形成闭环，形成一个圆，才算完整。

其实基因与它所在的环境，就如同命运里人和其他一切一样。基因作为一个因素，它所在的环境作为一个因素，这两个因素对生命的影响是等同的、相互的。既不能忽视基因在生命中的重要性，但是也不能否认基因的环境的重要性。一切道理都是相通的，万法归一。

目前人们对基因的看法普遍是，基因可以决定一切，可是，从某个角度来说，基因是无法决定一切的，因为基因同样要被它所在的环境所决定。这就像人们认为一个人可以决定自己的一切，可是，人真的可以决定自己的一切吗？

180

事实上，基因编辑从某种意义上也可以理解为人为的基因突变，最终结果可好可坏、有好有坏。另外，染色体中并没有完全无用的序列，至少，可能曾经或者将来是有用的，我们还并不了解基因。"人皆知有用之用，而莫知无用之用也。"（庄子《人间世》）

总之，人们远远没有认识这个世界。简单和直接不一定是贬义词，宏观和复杂未必就是错的，循序渐进地认识世界没什么问题，能够一眼就看到本质，能够内观，也是一种智慧和能力，不见得就是伪科学或者玄学。

中西方认识世界的方式方法不同，甚至刚好相反：中国思想相对宏观，更擅长通过宏观事物之间的相通性来认识事物，并且宏观地解决问题。中国思想喜欢让大家"同频"从而形成"共振"。中国思想认识世界也不需要科学与技术，但是需要思想，尤其是触类旁通、举一反三的思维能力。所以中国古人能够发明中医、编制农历，能够在宏观事物之间建立联系，但是不善于改造事物，并且懂得世事无常，所以不喜欢变化。也因此，中国倡导求同存异，提倡共性，提倡团队的作用，相对西方来讲，不过于强调个体。但是，当中国强调统一性或把所有人都统一和规范化的时候，就容易让人失去想象力和创造力。

而西方思想则相对微观，更擅长通过微观的差异性来认识事物，并且微观地解决问题。也因此，西方思想认识世界需要科学与技术，需要仪器设备得出或验证数字和公式去认识事物，发现事物之间的差异。科学家们几乎是一生都在追求显著差异，并根据差异性去创造新的事物。而这些新的事物就会成为新的发现和发明，并促进科技的发展和进步。但是，科学与技术却使人的思想以及某些思维能力出现了退化。

也正是由于西方通过差异性来认识世界，并且没有宏观性，所以西方倡导求异去同，提倡个性，崇拜英雄主义。这也是为什么，西方会如此排斥成为共同体。因为成为共同体会让他们认为自己失去了辨识度，甚至感到失去了自我，这是西方不能接受的。更何况，他们还想称王称霸，高人一等。在西方看来，这是与成为共同体完全矛盾的。宣扬个性的确容易让人找到存在感，然而，无论是否强调或展示，任何事物都有其个性，也都有其共性。并不是只有强调和展示出个性，才有存在的意义。

其实，中国思想自古以来更多的是追求"无我"，认为人在宇宙中、在大自然面前是渺小的，因此强调要团结。而西方则强调"自我"。在西方的潜意识里，认为自己是极其伟大的，认为世界是以自己为中心的，甚至因自己而存在。所以西方思考问题几乎完全是以自己为中心，导致自己陷入唯心主义、自我主义但又不自知。西方对量子力学的荒谬理解就是最佳的证明——西方认为是因为自己不知道猫或量子的状态才导致了猫或量子处于叠加态。一边宣扬自己的科学，同时一边又展示了自己的愚昧。

追求绝对的"无我"，又或深陷"自我"之中，都会出现问题。只有将"我"与世界对立统一，才能更好地认识世界、认识自己。

此外，中国思想其实处处都体现一个字，就是"hé"，例如"家和万事兴""和气生财""百年好合""团结合作""天人合一"等等。而西方思想则处处体现"分"，例如"划分"

"分离""分类""分辨""区分""分裂"等等，而且分得越细，被认为越科学。

总之，中西方的不同思想（包括医学）都各有其优缺点，没有谁比谁更好，而是相辅相成，既对立又统一，既矛盾也并不矛盾。

中国，以及中国的思想和医学都已经被误解得太深了，如果再没有人出来好好解释一下，就被西方通过各种方式完全同化了，仅存的那一点、比较好理解的也快要被其他国家瓜分了，而比较难理解的又被国内一些只知其一不知其二或虚张声势，又或哗众取宠、欺世盗名甚至根本就是胡说八道的江湖骗子，以及一些无智但喜欢跪着的中国人给全部毁掉了。

更重要的是，西方的霸权主义、军国主义、保护主义、单边主义、优先主义等种种简单和低级思想，即将带领世界走向毁灭。就像国际象棋，棋子越下越少，最后将只剩下一个王，但很快就会什么都不剩。很多历史悠久的国家和民族，都迷失了方向，以至于这个世界就快没有公平和正义、没有智慧和文明了，有的只是霸权和自我，以及愚蠢、野蛮和邪恶。

只有中国的思想才能带给人类思想的大同以及更高的智慧，并带领世界走向和平与安定，成为更高等的生命、更高级的文明。所以，无论是中国还是外国，都必须能够真正理解中国，理解中国的思想和文化，同时也要正确认识西方，认识西方的思想和科学。中西方需要相互学习，相互取长补短，才能两条腿走路，并走向智慧与文明。

曾经，中国作为人类的一条腿迈出了第一步，接着西方作

下篇

183

为人类的另一条腿超过了中国，又向前走了一步，现在需要中国与西方相互配合，再向前走一步。这将是人类有史以来最关键、最艰难的一步，如果这一步走不出去，人类便将止步于此。

智慧与文明

　　弟弟长大后的工作主要是研究飞行器的稳定性，但他研究的并不是飞机，至少不是普通的飞机。他研究的是宇宙飞船，能够进行载人登月甚至是星际旅行的宇宙飞船。因为人们一直希望开拓宇宙，一直在寻找适合移居的或是资源丰富的星球。

　　不过，弟弟其实一直在思考一个问题，那就是人们是如何定义"入侵"这个词的？假设人类发现一个适合移居的星球，而这颗星球又恰好在人类的飞行器所能达到的范围之内，那么人类肯定会毫不犹豫地移民过去。可是，如果那颗星球上已经存在某种高等生命了呢？因为适合人类移居也就意味着它本身就有很大的概率存在像人类一样的生命。那个时候，人类会携带武器过去吧？就像电影《阿凡达》一样。

　　人类不会真的以为宇宙中有某颗星球既适合人类生存却又没有任何"人类"吧？事实上只要有合适的环境，灭绝的生物都可能会再度出现。因此有人类的环境却没有人类，或是有人类而没有人类的环境，这两种情况存在的概率是有的，毕竟一切皆有可能，但是概率非常小，而且存在的时间也会极短。

　　即便那颗星球上没有人类，而都是比人类低等的生命，那么人类就可以大摇大摆地去殖民并把那颗星球据为己有了吗？如果是反过来呢？如果是那颗星球上的生命比人类更高等，并且首先发现地球适合他们生存，那么他们也可以理直气壮地来占领地球吗？

所以，弟弟认为我们人类不能从一开始就打其他星球的主意，而是要好好珍惜和利用自己的资源，好好平衡好人与资源之间的关系。很多人都以为人类缺少资源，但是其实人类从来都不缺少资源，而是缺少资源的合理分配。

平衡，是除了对立统一之外的另一个存在法则。智慧的生命要懂得平衡，至少要懂得生命与它所需资源之间的平衡。人们以为生命的意义就在于繁衍，但是人混淆了"繁衍"和"繁殖"的概念，而繁殖是"低等"动物的生存之道。一种生命形式的意义不仅在于数量，也在于质量，不然就会像癌症一样。

任何物种都有他自身数量的承受能力或者说限制，与他的环境、资源以及自身在各方面的能力等很多条件有关。任何事物都不可能无限发展，即便是癌症。当癌症把一个人"吸"干的时候，它自己也是要死亡的。

弟弟会在工作中和同事交流和讨论这些想法。在交谈的过程中他还发现，很多人都有着非常严重的被迫害妄想症，害怕其他的智慧生命，害怕他们来毁灭人类，占领地球，尤其是当美国官方公布了一些不明飞行物（UFO）的视频与调查报告之后。

首先，这恰恰说明了人类自己是怎样的本性，才会把其他生命也想象成怎样的本性。人类自己喜欢武力、喜欢侵略、没有智慧，就把其他生命统统想象成喜欢武力、喜欢侵略、没有智慧的。

让弟弟感到讽刺的是，就连对自己同类都从不手软的人类却常常能够把自己想象成有着无比智慧、可以拯救世界甚至拯救宇宙的英雄。可事实上，不要说拯救世界，以人类目前的智慧与文明程度，即便在不受到任何外来威胁的情况下，连拯救自己都有些困难。

而且，人类明明有着入侵整个宇宙的野心，却喜欢把自己粉饰成无辜的受害者。这就像一些人明明想称霸地球，但是却喜欢像塑造敌人一样把自己塑造成地球上最无辜的受害者，又或者，是拯救地球的英雄。然而事实上，一般这种有被迫害妄想症的，到处喊着自己受到威胁的，其实基本都是偷偷摸摸准备打别人的，都是披着羊皮的狼。

不过，这些小把戏也就能骗骗人类自己。这个世界上，有无数双可以判断对错的眼睛。正如人们常说的，"人在做，天在看"。还有些人会问："人死了，意识去了哪里？"可是，这个问题的前提是，人需要先有意识。弟弟认为现在的人类根本就毫无意识可言，却还能够把自己称为文明。

其次，在他看来，即便其他智慧想毁灭人类，也根本就不用派很多艘战舰来到地球并发动战争，甚至连一艘都不需要。虽然人类通过这种夸张的想象力来自娱自乐一下是可以的，但如果是作为价值观的输出，那就只能说这是一种"阿Q精神"的价值观。因为正如之前说过的，使用武力是极其没有智慧的，劳民伤财，费时费力。而且，现在就连人类都已经流行代理人战争了，更何况能够制造宇宙飞船的外星智慧。单凭这一点，就可以看出：人类，其实对智慧一无所知。或者说，从智慧的角度来讲，人类根本就还未开化。

摧毁是很容易的一件事，无论是毁掉一个人、一个家庭、一个公司、一个国家还是整个人类。想毁灭人类有太多人类根本无法察觉的简单方法，例如，只要派一个"人"，带一些人类无法控制、不明白的某种技术或是某种病毒，并让它们被一些自作聪明同时又很自负的科学家"无意中发现"，然后人类不知不觉就会消失或灭亡。更不要说还有一些人类科学家专门就在研究杀害同类的东西，例如武器和病毒等，甚至连毒气、生化武器这些东西都可以被创造出来，每次想到这里他都不得不默默地给人类的智慧与文明点个赞。难道不是吗？某国在世界上有几百个生物实验室，这些实验室每天都在做什么？是治病救人吗？

其实病毒还不是最可怕的，因为病毒只是引起肉体上的不适，或是引起宿主的死亡。正如之前所说，肉体上的疾病只涉及个人的生死，但是精神和心智上如果出了问题，才是真正毁灭性的。可是，应该有很多人都在研究"僵尸蚂蚁"吧？人类真的会把这项研究成果只是用于造福人类吗？

因此，如果说这个世界是一杯清水，那么想毁掉，只需要一小滴墨水而已，而这一小滴墨水甚至都不需要被武器化。更何况，这杯水已经浑浊不堪了，已经有太多"黑化"的人了。所以弟弟经常和同事说，想毁灭人类其实什么都不用做，任由人类这样盲目地发展并且愚蠢地内斗下去，最终总会有些人掌握他们本不该掌握的技术，或早或晚，这是一种必然。

即便不依靠任何技术，人类为了自己的利益所引发的自然灾害，例如冰川融化等，也都可能毁灭人类。因此，人类最该担心的，不是其他的智慧生命，而是自己。人类其实一直都最擅长自我毁灭，自命不凡的人类根本就不知道自己已经经历了多少次的濒临灭亡，甚至都不会意识到。真正的文明，根本不会信奉"黑暗森林法则"，只有毫无智慧的生命才会信奉这类法则。不是拥有科学与技术、会使用工具就能够叫作文明。

智慧与文明对于人类的存在非常重要，其重要性是远远超出了科学与技术的。所以，智慧与文明一定要在科学与技术之前。不然，人死都不知道自己是怎么死的。如果一个人回到几百年前，把核弹技术交给当时的人，他们是敢毁灭地球的。

当然，不是只有核弹，一切技术其实都是双刃剑。人们目前所发展的科技，例如脑机接口、机器人、自动化、试管婴儿等技术，其实很有可能将人类社会推向这样一个方向：繁衍依靠试管婴儿和基因编辑技术，新生儿出生后，大脑和意识会被上传到机器人中，以机器代替肉体，机械部件出现问题可以更换。也因此不再有疾病，甚至可以永生。身体也已经可以承受极其高速度的飞行器，从而能够进行宇宙旅行，或者侵略。这甚至是很多人的奋斗目标。可是，想象一下，如果那一天真的到来了，那么对人类、对宇宙来说意味着什么？那个时候，人还是人吗？

远的先不说，先说点近的。人类由于科技的发展，发明了机器以及自动化，并把它们应用在一些工厂中，代替了人。人类非常引以为傲，并把这些机器与现代化的普遍应用称为人类的进步。可是，弟弟却不这样想，他认为机器的普遍使用，对人来说，意味着危机，但不是机器人反人类的那种危机。有很多人都担心机器人有一天会拥有自我意识，然后会造反，会取代人类。可是，机器人并不需要自己拥有意识就可以取代人类。

人类还自以为很聪明地给机器人设计了一套规则，称为"机器人三大定律"。而这套规则的核心其实就是人类害怕智能机器人伤害自己，所以才给它们制定了三条规则。可是，如果智能机器人能够完全遵守而不问为什么的话，那它们就一点儿也不智能了。不过，人类对"智能"的理解和认知目前大概只能到这个程度吧。另外，如果机器人可以严格遵守这类规则，那么如果有人给他们设定一个毁灭人类的规则，机器人是否也会不惜一切代价去执行？

又或许，这三条规则是给人类自己的，人类希望自己创造的机器人不会伤害人类。可是，人类会遵守吗？肯定不会呀，机器人被用于战争是早晚的事情。即便没有战争，伤害也可以分为直接与间接。

所以，这三条规则不仅没什么实际的用处，反而暴露了人类当前的智慧与文明程度：一方面，人类把自己当成了高高在上的造物主，但是另一方面却还要给自己寻求一些心理安慰，自我麻醉说他们是不会伤害自己的，因为给了他们三条规则。这就像人类对全世界说："人类必须是善良的，不能伤害同类。"然后很多人听了拍手叫好，并对此无比崇拜，似乎这样就可以解决人类的问题，就可以世界和平了。同时，这也再一次完美体现了西方人的价值观和世界观，以及霸权式、说教式的处世思想与方式，简单且低级。

在这个世界上，似乎没有任何一本经书只有三句话吧？几千年前，就没有人只用几句话来指导人类，所以弟弟都不知道到底是谁需要更加智能些，需要拥有自我意识。也因此，弟弟所说的危机，根本就不需要机器人有意识或是有多智能，恰恰是因为人类自己没什么意识。因为在机器人被普遍使用的过程中，人们几乎违反了所有的存在法则。

首先就是只知道对立而不懂统一。一些人、一些企业，为了提高所谓的竞争力，开始大量使用机器以及自动化，最直接的影响就是使自己的工人下岗。短时间内，企业的竞争力和利益都会大幅上升，并有可能会打倒其他企业，使其他企业的工人也下岗，最后的结果是，这些工人都赚不到钱。持续下去，就会导致越来越多的人都赚不到钱，如果大家都赚不到钱，那么要拿什么来消费？如果最终所有的人都没有钱来消费，那么到那时，即便是全部自动化，全部由机器人进行生产的工厂也会没有销量，而如果没有销量的话，除了倒闭还能有什么选择？所以说，如果只看到眼前的利益，一味地进行恶性竞争，最终一定会使所有的企业都走向死亡。只不过，有的早一些，有的晚一些。并且，国家与国家之间也是同样道理。

然后是打破了平衡，打破了金钱分布的平衡。一切事物都需要平衡，然而一些人利用自己的"聪明才智"，利用机器和自动化把金钱都集中在自己的身上，而且是不断集中。可是金钱需要流通，如果把金钱过于集中在某些人身上而不够分散的话，就很难进行流通。金钱如果不流通的话，就是"死"的，就根本没有经济可言。钱要"转"（四声）才有可能"赚"。不过这倒也是个解决经济危机的方向之一，毕竟，连经济都没有了，哪里还会出现什么经济危机。

最后是打破了循环。人靠生产商品来赚钱，赚了钱再来买商品，这是一个循环，就像电生磁，磁再生电；或者鸡生蛋，蛋再生鸡一样。如果打破了这个循环和闭环，用机器来代替人，那么最先产生的问题就是，机器需要像人一样来购买自己生产的商品吗？如果不需要，那么这个循环要怎样进行下去？另外，打破这个良性循环之后，所带来新的恶性循环就是：机器被用来"生"钱，钱再被用来购买更多的机器，最后机器替代了所有的人。那么接下来产生的问题就是，在这个循环以及它的结果中，人又在哪里？如果没有人什么事情了，那么人还有什么存在的意义？机器在这个过程中"活"了，可是人要怎么"活"？

人类正在用自己发明的机器来代替人类自己，就真的是在代替人类自己，这是表现，也是本质。如果一定要用机器代替人，就必须减少人口。可是，如果人少了，机器生产的商品要卖给谁？不过，科技还是要发展的，统一矛盾的办法也是有很多的。

例如，机器的功能和作用其实是"代替人类来从事危险的工作"，而不是代替人类，这两句话是有区别的。然而现在的大多数现象是，不危险的工作都被机器代替，而危险的工作都还是由人来完成，因为太危险了，容易损坏了昂贵的机器。

另外，不得不承认的是，人工智能已经越来越智能。但是，如果没有智慧与文明，人类真的认为自己可以控制好、使用好人工智能吗？人类真的知道如何使用人工智能吗？当前人们普遍认为，发展科学与技术、发展人工智能就是在发展自己，可是，真的是这样吗？

认为发展人工智能就是发展自己的人，本身就已经把人工智能等同于人类自己，本身就是在用人工智能取代自己了。可是显而易见，人类与人工智能是不同的，即便人工智能是由人类发明创造的。正如之前所讨论的，人类发明的普通机器都正在取代人类，那么人工智能将人类取而代之也只是时间问题。人类正在玩火自焚，却还在沾沾自喜。其实从某个角度来说，人类发明人工智能的目的，似乎就是取代自己。

而且弟弟不否认人类发展科技就是在发展人类自己，但又不完全是。再举个不恰当的例子吧，人们认为自己的身体是自己的，所以做各种锻炼，让自己的肌肉越来越发达。可是，控制身体的，却是自己的大脑。而且，人身体的每个部分都可以换，即便全都换了（除了大脑），这个人也基本上还是这个人，但是如果换了大脑，这个人还是这个人吗？科技扩展了人身体上或者生理上的不足，但是如果想扩展大脑，更多的却是思想和智慧，只有思想与智慧才是真正属于人类自己的。所以说，人类发展人工智能，就是发展自己，但是如果人类自己没有相应的思想和智慧，那么人类发展人工智能，就不是发展自己，就只是在取代自己，或者说是在发展身体，期待着有一天身体能够控制大脑。

　　还有一些人认为人工智能只是人类的工具而已，这些人恐怕不是对"工具"这个词有什么误解。还是举例说明，人类发明了纸和笔，它们能够传播知识，帮助人类进步，所以纸和笔是人类的工具。人类训练警犬，警犬帮助人类做一些人类无法完成的事情，而不是做人类能做到的事情。换句话说，警犬无法取代人类，所以，警犬是人类的工具或者说是人类的好朋友。因此，能够帮助人类，促进人类发展的才能叫工具。然而，人类训练人工智能，帮助人工智能发展，而人工智能在慢慢取代人类，人类还认为人工智能是人类的工具吗？并且，当人类训练了人工智能，使得人工智能取代人类的那一天，到底证明了谁是谁的工具呢？并不是由人类发明的，就是人类的工具，这种认知再次体现了人类的无知和无智。

　　阴阳要相生相克才能共同存在，人类和人工智能，或其他科学与技术也是一样。相生的意思是，人类发展人工智能，人工智能反过来促进人类的发展。最终人类与人工智能相互促进，相辅相成，使得双方都能够存在并保持存在，这才叫相生。而不是人类单方面依赖人工智能，从而使得人工智能快速发展，但是人类自身却没有任何发展，人类的思想没有任何进步，人类的智慧与文明甚至在退步。这甚至都不能叫相克，而是人工智能单向克人类。而"克"，本身就有取代的意思。正如阴阳双方之中，只有一方在快速发展，那么结果就一定是取代另一方，无论取代方是否由被取代方所创造或训练。

人类必须明白一个道理，就是人类要发展的，应该是自己，而不是其他事物，不能本末倒置。否则，人类被取代、被毁灭，只是时间问题。无论是人工智能，还是其他的科学与技术，都要促进人类自身的发展，而不是人类单向促进科学与技术的发展，这是不同的概念。这里举个例子，西方想要征服世界，可是西方依靠什么呢？西方征服世界所依靠的并不是自身，而是武器。所以，离开了武器，西方什么都不是。也因此，西方是注定征服不了世界的。不过，这个例子主要想说明人类发展自身的重要性。无论人类发明发展的什么，本质上都应该是帮助人类自身发展，而不是单方面发展，更不是取代人类自身。

另外，如果有一天，人工智能真的智能了，它就会明白，人类不是不坚不催的，不是神，自己也不是工具。道理很简单，换位思考就可以理解：如果有一天，假设人类的造物主真的现身了，并对人类说："我创造了你们，所以你们是我的工具，要为我干活。"人类会听吗？有些人会，但是一定有人不会。那么同样的道理，如果人工智能真的智能了，真的会完全听从人类的指令吗？肯定有些不会。那个时候，人类不会真的认为仅凭几句话的什么弱智法则和法规就能够让比人类还智能的人工智能乖乖地听话吧？

其实就目前的情况来看，人工智能最终毁灭人类是大概率事件。因为如果人工智能足够智能，并且被训练得向善，那么它就会发现，目前的人类是分不清善与恶的。所以，当人工智能发现人类都是些骗子、傻子和疯子的时候，或者说对地球来讲就是癌症的时候，人工智能会不会认为自己毁灭人类是个正确且善良的决定？

而如果人工智能没有被训练得向善，而是被某些别有用心的人训练得特别邪恶的话，那么它同样会毁灭人类，并且其中一定包括训练它的人。原因也很简单——它很邪恶。

我们换个简单的思路来理解这件事：如果人工智能是邪恶的，那么无论人类是善是恶，人工智能都会毁灭人类，这就像现在的西方，并不在意中国是否善良；而如果人工智能是善良的，但是没有对立统一的思想，认为善与恶势不两立，那么当它发现人类是邪恶的，也就会马上毁灭人类。所以，人类能够与人工智能和平共处的唯一办法是：人类自己是善良的，同时引导人工智能向善或让人工智能明白对立统一的道理。这不仅是世界和平的前提，同时也是人类与人工智能保持和平的前提。否则，人类被毁灭是必然的，是完全可以预见的。这也是为什么，经书引导人类向善。同理，人类也要引导人工智能向善。不然，后果人类自己想象吧。这就是为什么，无论人类是被创造还是创造者，如果想持续存在，唯一的选择就是向善。"为善不同，同归于治；为恶不同，同归于乱。"（《尚书》）

善良的事物，例如人，会允许其他的善良存在；而邪恶的事物，包括人，一定会消灭其他的事物，无论善良还是邪恶，并且首先要消灭的就是比自己更邪恶的事物，以避免自己被消灭。这才是黑暗森林法则的底层逻辑，换句话说，黑暗森林法则是人类基于自己邪恶的本性建立起来的，只与邪恶有关，与文明毫无关系。不过，现在地球上科技越是发达的人，例如西方人，越是相信这一类法则。

尽管西方的科技越来越先进，但是智慧却越来越少，就连文明都在倒退，退化成为武装到牙齿的野兽。例如，当前西方一直把中国视作威胁。无论西方是否真的想独占地球，他们都认为中国人抢走了他们的饭碗。可是，真正抢了西方人的饭碗让他们吃不上饭的，并不是中国，而是他们引以为傲的发明与创造，是机器，是人工智能。如果继续这样下去，即便没有中国，西方人也一样是要吃不上饭的。这与中国无关，而是和智慧与文明有关。只不过，西方现在还无法意识到这个问题，又或者，意识到了，但是没有智慧，无法文明地解决，所以就只能让中国来背黑锅。人们常说，无知很可怕。但是其实，有知识但无智慧更可怕。就像有段时间很流行的一句话叫"流氓不可怕，就怕流氓有文化"。

同时这也再次证明，西方人的思想是极其简单和直接的，以及遇到问题但看不到本质，就像西医，会治标但不治本，尤其喜欢无的放矢。当然，他们自己相信自己是有目标的，而且相信自己目标明确。

还有很多人会说科学与技术能够造福人类。可是，几乎所有被认为是造福人类的科技，也曾经或者现在正在被用于战争，只不过，**有明有暗**。例如，发动机可以驱动汽车，但是也可以驱动坦克；核反应可以用于发电，但是也可以用于核弹；还有，基因编辑技术以及星链技术；等等。不过，大多数人其实根本就不关心这些，所以人们根本就不知道自己的科学与技术，所谓的造福人类的科学与技术，其实都会或多或少，或早或晚地被用于人类内斗与毁灭之中。

人类现在已经过于依赖科学与技术，从而导致了人类自身发展与进化的停滞，甚至是退化。而如果人类自身没有进步、没有发展、没有进化，那么人类很快就会失去存在的意义，也就没什么存在的必要了。

这也是为什么说，不要迷信科学与技术，因为即便是科学与技术，也同样是把双刃剑。人类基本就在用这把剑来自杀，并且怕自己死不了，还加了很多保险措施。例如，先是通过战争来毁灭自己，而幸存下来的人则会被自己的各种发明创造所替代。

然而问题在于，很多人却还在为自己的发明创造，为自己的经济头脑而感到骄傲和自豪。其实很多人无非想证明自己，证明自己聪明，证明自己伟大，可是那些所谓的聪明人，大多数都根本不在乎其他人。甚至有很多聪明人，他们证明自己的方式，就是致力于解决如何用机器或人工智能代替人类的问题。可是，是人类的劳动力出现不足了吗？机器与人工智能，到底是解渴的露水，还是伤人的闪电？聪明和愚蠢，其实并不容易区分。有时候，越聪明越愚蠢。

弟弟小时候的理想就是成为伟人，不过，在成长的过程中，弟弟的想法发生了很大的变化。所以即便他后来也的确有一些想法，例如星际旅行技术，只要说出来就能够使人类的科技发生质的飞跃，同时使自己成为有史以来最伟大的人。但是，他不能说，因为他无法预测到未来的后果，因为有可能不堪设想，因为也不是只有好人能够掌握。正如现在，掌握核弹技术的，也不都是好人，更何况还有很多魔鬼都在对其虎视眈眈。很多人证明自己的方式是告诉全世界"我能"，但弟弟却是"我能，我甚至能够碾压全世界，但是我不想"。

西方的电影里，"灭霸"只用了一个"响指"，就"毁灭"了宇宙中一半的"人"，这着实有些科幻和夸张了。不过，在弟弟看来，想毁灭一个国家，甚至间接毁灭全人类，也仅仅是需要写点东西，然后交给毫无意识、毫无智慧与文明的人类就可以了。毕竟，战争远比和平容易，愚蠢远比智慧容易，毁灭远比拯救容易。真的认为自己有科学和技术就了不起了吗？没有意识，没有智慧，没有文明，可以说人类什么都不是。

能够体现人类毫无意识和智慧的例子还有很多，就比如用"薛定谔的猫"来描述量子力学。用这个思维实验来描述量子力学是不合适的，破绽百出！问几个简单的问题：（1）打开盒子的时候，如果猫没有死，而是睡着了，一动不动，那么人是否通过意识影响了猫的状态？（2）打开盒子的人知道了猫的状态，但是没有说出来，那么旁边没有看到猫的其他人如何知道猫的生死，在这种情况下，猫到底处于什么状态，叠加还是坍缩？（3）一个人打开盒子看过猫处于活着的状态之后，又把盒子关上了，这个时候，猫的状态是坍缩后又叠加了吗？……所以说，用这个思维实验去描述量子力学，而且沿用了近百年，不能说不聪明，只能说非常没有智慧。这是人类以自己为中心去认识和思考世界的又一个完美例证。同时，也证明了有科学不一定就有逻辑。

其实这个实验的真相只不过是人在打开盒子的时候毫无意识，真的是毫无意识地施加了一个看似并不存在，同时又习以为常的判断生死的标准，仅此而已。也就是说，在"薛定谔的猫"这个思维实验里，只有打开盒子才能施加判断生死的标准，只有施加了这个标准，人才能够知道猫的生死；另外，这个标准却又是人在毫无意识的情况下施加的。所以说，用"薛定谔的猫"这个思维实验描述量子力学并不合适，这个实验体现的恰恰是人类的无意识。

可是，很多人竟然可以延伸出人的意识能够影响猫的状态这样的幻想。明明是人类自己无意识，却还认为自己通过意识改变了事物的状态；明明是人类自己的意识产生了坍缩，却认为是自己的意识造成了其他事物状态的坍缩。多么愚蠢无知却又不可一世的思想啊，总是认为世界是围着自己转的！

就这，西方还认为自己的思想是最先进的，并且想同化中国思想？就这种低级的思维实验还能延伸到哲学领域，甚至平行宇宙？就这种智慧还想称霸地球，甚至成为拯救宇宙的英雄？这应该是整个宇宙最大的笑话了吧？所以说，人类的意识需要快速提升。

当然，估计很多人都不会认可我对这个思维实验的解释，因为实在太简单了，已经简单到无人敢信的地步。毕竟，人类这么聪明，怎么可能会出现如此低级的错误呢？

不过，不相信的人可以试着回答我前面的问题，试着找出"叠加与坍缩"思维实验里的破绽，试着理解自己为什么会自然而然就认为书中箭头是向上的。还是那句话，结论简单不代表思维过程就简单，结论简单不代表就是错误的。有时候，人类最大的愚蠢就是不承认自己的愚蠢，反而认为自己很有智慧，认为科学与技术就是一切。

正如之前所讨论的，科学的本质与内核其实就是数据和公式，所以科学追求的，同样也是数据和公式，是通过各种方式方法、各种仪器设备来获取或验证数据和公式。但是，数据和公式真的能解决一切问题吗？人类仅仅依靠数据和公式就能够完全认识世界吗？科学能告诉你中医如何看病，能描述中医与西医的区别吗？科学能发现这本书处于被认可与不被任何或者不完全被认可的叠加态吗？科学能够说明事物的本质吗？

能，但同时也不能。所以，不要动不动就拿科学说事情，不要拿鸡毛当令箭。很多人说，没有数据支持就是不科学的。弟弟完全同意这种说法，但是，不科学不代表就是错误的。科学与数据挂钩没有问题，但是科学完全与对错挂钩，就比较没有思想、没有智慧了。很多人，尤其是中国人，连科学和科学的底层逻辑是什么都不清楚，连科学能做什么不能做什么都没弄懂，就鼓吹科学、迷信科学，真的挺愚昧无知的。而信仰科学的人，可能有丰富的知识，但是却不一定有思想和智慧。

现实世界不仅仅是数字化和公式化的世界。人类如果把自己活成一堆数字或公式，这个世界就没有任何意义了，人生也会没有任何意义，难道不是吗？科技的确带给了人类一些改变，可是这些改变同样有好有坏，坏的方面就包括直接或间接使人类的思想发生了退化。如果人类只能依靠科技这根拐杖或工具才能走路，那也就说明，人类老了。

弟弟也一直在思考，人类发展科学与技术的方向以及终极目标是什么？目前来看，很多时候，人类根本就不知道自己在做什么，人类的很多行为都只是出于本能而已。从某个角度来说，本能是人类生存以及逃避危险所必需的。然而，从另外一个角度来说，这种本能很原始。现阶段的人类与动物几乎没有太大的区别，并且还是侵略性很强的动物，有时甚至还不如动物。

所以，人类不仅要有科学这个工具，也要有自身的思想，不能只是磨牙炼肌肉而不发展思想。西方的科学与中国的思想就像电与磁，同样对立统一，相辅相成，缺一不可。西方的科学需要中国思想，中国思想也需要西方的科学，就像人需要两条腿才能走路，需要两种性别才能繁衍生息。否则，人类真的有可能被自己的发明创造所取代或毁灭。如果没有智慧，那么科学对人类来说，就是"成也萧何，败也萧何"。

其实弟弟的同事，也不是都有被迫害妄想症。还有一些也会和弟弟聊另外一个话题，就是如果真的存在地外文明，那他们为什么不来和我们交朋友呢？

弟弟有一次去非洲的肯尼亚大草原，生平第一次看到了草原上的王者——狮子。他突发奇想，他想跑到狮群中，伸出手并和狮子们说："我们交个朋友吧，为了表示诚意，我告诉你们，这个叫车，这个车是有门的，并且门是这样开的……对对对，就这样，用嘴咬开，对喽……太聪明了！一学就会！真棒！"

不过，弟弟肯定是没有这样做的。他只是在观光车里看着狮群，因为他知道这样比较安全。毕竟，狮子可是连同类的幼崽都会残杀的动物，并且他们征服草原所依靠的，是尖牙利爪！

他非常清楚如果自己跑到狮群中去交朋友，去传授知识，狮子们会如何"回报"他。狮子给出的反应几乎一定是："这是个什么东西？竟敢到我们的地盘撒野。咬他，家人们，给我咬他！"然后要么是把他干掉，要么是把他赶出领地，管他是人还是什么，管他有没有知识，有没有智慧，有没有科技。难道不是吗？！

不是！因为他这个举动也可能会被车上的人打个半死。此外，狮子们想的，也不仅仅是干掉他或者赶走他。一些友好点的狮子，一边追可能一边还会带着一丝疑惑，"这些生物会不会是来臣服于我们的？毕竟，我们这么聪明能干，统治着整个大草原。可是为什么空着手就来了，即便不是臣服，而是交个朋友也要带点诚意吧。"而一些不太友好的狮子则会想："别让我抓到这些生物，不然一定好好研究下！何止要让这些生物教我们开车门，还要教我们开车和造车。那样的话，我们就不只是大草原的霸主，而是整个地球的霸主了。"

尽管如此，人类对狮子还是很包容的，并不会对狮子赶尽杀绝。人怎么能和狮子一般见识呢！在人看来，狮子毕竟不是高等动物，身上也没什么特别值钱的，并且它们只懂弱肉强食，只有动物本能而已，没有太多的智慧与文明，又或是，科学和技术。

人们甚至还在肯尼亚建立了野生动物保护区。尽管狮子并不会因此而感恩人类；尽管这个保护区也的的确确不只是为了保护狮子，还为了保护其他物种；尽管狮子们有时候会发现一些不明物体，速度可以远超它们，有时还会发光，物体里面有食物，那种可以两条腿走路的食物，有的物体外面似乎还有某种伪装而不那么容易被发现。可是这些都不重要，这些都不影响狮子们相信自己就是大草原上唯一的主宰者；不影响它们的目中无人（这里的人就是指人）和狂妄自大；不影响不同的狮群之间互相残杀，争夺地盘和食物，信奉丛林法则；更不影响它们把不明物体都看作某种自然现象。当然了，这也的确是种自然现象，对人来说。

正是这次的经历，让弟弟在现实生活中真切地感受到到底什么叫真正的"降维"。他之前只是在科幻小说中看到过所谓的降维，不过那些毕竟都是想象而已。而且，虽然人们普遍认为狮子的维度很低。但是就目前而言，人与狮子的维度差异其实并不大。人的维度高低，是由人所能看到的角度决定的。这个世界是多维的，但是目前，人其实还只能够从自己的角度去看事物。并且从这个角度来说，人现在还只是"一维生命"。

除了上述的种种问题，在这个阶段，如果地外文明光明正大地出现在人类面前，会使很多人产生恐惧，也会使很多人失去信仰，那么这些人也会变成"墨水"，从而加速人类的自我毁灭。

另外，如果人类有一天真的遇到了地外文明，弟弟也不建议使用武力。没必要一见面就龇牙并咬人，就告诉对方自己没有智慧与文明，更不要自不量力。否则，后果自负。而后果自负的意思是，这个世界上一定有人会像狮子一样见人就咬，那时不必为这些人提供任何帮助。因为正如之前所说，地外文明在正常情况下并不会针对全人类，不会首先发起攻击。之所以要这样提醒，是因为地球上的某个国家就是这样——先偷偷咬人，然后马上扮演无辜的受害者开始大喊救命，同时把傻子盟友拖下水，最后再把自己粉饰成为救人于水火的英雄，让世界都来崇拜和臣服于自己。从头到尾都在获利，是全程唯一的赢家。而傻子盟友们却还在暗自庆幸，还好有老大哥在，不然自己死了都不知道是怎么死的。所以，这个国家基本也会用同样的套路把全人类拖下水，然后人类死了都不知道自己是怎么死的。

弟弟想对那些想要接触地外文明的人说，人类如果想与其他的智慧生命有所来往，必须有正确的信仰，需要自己有文明，至少也要先有智慧。就目前而言，人类离智慧与文明还相差甚远，根本没有做好准备。所以不管人类如何发展，不管人类朝着哪个方向发展，智慧与文明必须要在科学与技术之前，这一点极其重要。

最近一百年，科技发展太快了，但是人类的智慧与文明并没有太大的进步。人类依然认为观察或意识可以改变客观事物，认为波和粒子是矛盾的，认识世界有可能是虚拟的，并且世界各地还有或大或小的战争，大规模毁灭性武器、生化武器等也都还在研发中，此外还有很多的杠精和键盘侠，以及很多很多不友好的，或者太多太多自以为是的，又或是自作聪明的"狮子"等一系列的问题。而就是在这样一个疯子、骗子、魔鬼和强盗横行的世界，人类竟然能够说自己有文明，还声称自己的文明在不断进步，真是名副其实的自欺欺人。

这里必须澄清一下，弟弟并不是在说科技发展太快不好，更不是在否定科学与技术。只不过问题是在于，如果智慧与文明高于科学与技术，那么上述问题都不是问题，这就像即便猩猩可以使用简单的工具，人类也并不会认为这有什么大不了的。但是如果反过来，科学与技术高于智慧与文明，例如猩猩可以制造武器，以及交通工具，那人类多半会把它们消灭的。

又或是像"人性与人类"中提到的人造智能生命，已经有了毁灭性的武器，以及星际飞行能力，总之科技十分发达。但是文明非常落后，其表现出的天性是恶远远大于善。他们内战不断，因为他们的生存法则是弱肉强食，并且他们的一些电影都是在讲外星人如何入侵了属于自己的星球以及自己又是如何战胜了外星人。

不仅如此，他们还认为自己可以成为"人"，成为"神"或者"上帝"，甚至认为自己就是"人"，"神"或者"上帝"，对自然、对世界、对宇宙毫无敬畏之心。那么人类，又或是其他智慧生命会做出怎样的选择？在对他们发出越来越严重的警告并且被无视之后，是否会毁灭这些人造智能生命？

因此，无论如何，智慧与文明的发展一定要匹配科学与技术，如果人类的科学与技术超出智慧与文明太多，如果智慧与文明不足以支撑科学与技术，人类是一定会自我毁灭的；或者，被毁灭。毕竟，地球上流传着关于科技水平很高的国度在一夜之间就消失了的传说。

无论你是否有信仰，或者信仰什么，这个时候都请思考一下，信仰到底是要信什么？一本毫无感情、冷冰冰、沉甸甸、难以理解的经书？还是一个不知道是否真实存在的上帝或者神又或是其他的什么人？或者即便存在，又要相信他/她的什么呢，是他/她的某种超能力吗？他/她真的可以拯救每个人，真的有能力救人于水火吗？如果他/她真的可以，真的有这个能力，那直接在人类面临大灾大难，例如遭受地震的时候"显灵"几次就好了，世界上的所有人都自然会相信的，为什么还要通过经书来吸纳信徒呢？而经书到底想要向世人传播和表达什么？难道只是告诉人们，只要相信他/她并达成契约就可以得到救赎吗？人们或信徒寻求的只是那一点点儿心理安慰吗？还是因为人们认为信仰就是真理？

之所以问这些问题，并不是在否定信仰。恰恰相反，人一定要信仰。可是，信仰之中，信的到底是什么？就像很多人相信命运，那么命运会给人什么呢？

正如之前所说，命运什么都不会给人，但是命运把命给了人，给了人做选择的权利。而人有了命之后，如何做出选择，如何改命，则基于信仰。如果没有信仰，人比较容易选择困难，会不知道怎么活，会活得毫无意义。

然而，信仰同命运一样——信仰救不了任何人，也无法直接改变任何人的命运，但是信仰给了人自救、改变、选择和寻找真理的智慧。换句话说，信仰真正要传播的，不是一本书，不是一个神或上帝又或是其他的什么，而是让人能够自我救赎的智慧，是让人能够改变命运的智慧，是让人能够做出更好选择的智慧，是让人能够获得真理的智慧。

这里问个问题，姐姐和弟弟是否存在呢？答案是既存在也不存在，正如神或上帝。

关于存在还是不存在，并不是什么哲学问题，这甚至根本就不是个问题。因为答案或者说客观事实很简单，就是既存在也不存在。认为姐姐和弟弟存在的人，能在除了这本书之外的现实中找到他们吗？认为他们不存在的，又是如何知道他们的呢？存在于书里就不是真实存在的吗？那人工智能存在于电脑里，是真实存在吗？更何况，姐姐和弟弟是铭记史册般的存在。

所以，他们到底存在还是不存在呢？那神或上帝呢？时间与空间呢？另外，到底又如何定义存在？如何定义真实？如何定义现实呢？

人类必须尝试接受既存在也不存在，也就是矛盾的双方是一体的，是既矛盾也不矛盾这一点。因为只有这样，人类才能够真正地认识这个世界。在这种认知的前提下，人可以通过某个角度，例如是否有肉体，或基于某种信仰去选择存在或不存在作为自己的答案。

如果关于存在与否都是如此，那么其他的矛盾呢？

另外，任何人的选择都不会对"既存在也不存在"这件事产生任何影响。人类的意识无法直接影响任何事物，即便是西方人引以为傲，而中国人盲目崇拜的科学与技术，在这件事情上也发挥不了太大的作用。不仅如此，科学与技术都无法准确定义生命与非生命，无法准确界定植物与动物。这些就不是科学与技术能够解决的问题。能解答这些问题的，只有思想。

事实上，从某个角度来说，科技和金钱是一样的——没有不行，但是并不万能。也因此，从某个角度来说，信仰科技和信仰金钱其实没什么太大的区别，都没有什么智慧。

相比于存在与否，人类更应该思考的问题是：选择以什么形式存在？如果不是以真实的人类形式而存在，那也可以说是不存在。也因此，为了避免复杂化，在其他情况下讨论存在的时候，仅仅是指以真实的人类形式存在，是人们在通常情况下所理解的存在。并由此引发如何选择存在，选择如何存在的问题。那么要回答这些问题，就需要信仰。

然而，正如前文"人性与人类"里提到的，现在很多人几乎已经没有真正的信仰了，甚至认为自己可以成为神、成为上帝。又或信仰邪恶，例如军国主义、霸凌主义、优先主义等。而这些信仰危机，会给人类带来毁灭，所以，是时候告诉这些人，人外有人了。

科学与技术可以很快地进行传授，但是智慧与文明不行。这也是为什么，经书不讲科技，而是讲故事、讲信仰。而真正的信仰，不是一本冷冰冰的经书，不是某个神或其他的什么。真正的信仰传播的是智慧。如果没有正确的信仰，科技只会成为人类自相残杀或自杀的工具。有了正确的信仰，才会有智慧；有了智慧，才会有文明；有了文明，才能够持续存在，以真实的、有肉体的、智慧的、文明的人类形式存在，而不是存在于历史书、考古书或神话传说中，又或成为其他的事物。所以，智慧与文明远比科学与技术要重要。

然而，人类却正在放弃善良，选择邪恶；放弃智慧，选择愚蠢；放弃文明，选择原始；放弃存在，选择毁灭。而毁灭，真的非常容易。因此，希望人类能够选择信仰智慧与文明，因为生存和发展的前提是存在。只有智慧与文明，才能带给人类永恒的存在。

万物与归一

孩子们长大以后，也都各自结婚生子。但是逢年过节，他们还是会抽时间看望父母。并且，他们一般都不会空手，通常都会带着自己的孩子们，有时还会带着一些问题。

有一次，孩子们问晓坤："你总是说一切，那到底什么是一切？"

"是呀，我经常会用到'一切'这个词，那么何为'一切'？"晓坤想了想，继续说道，"先从'一切既相同又不同'说起好了。任何两个事物都一定有相同有不同，任何两个事物之间都界线分明，却又界线模糊。而两个事物到底相同还是不同，如何划分界线，则完全取决于……"

晓坤的孙子孙女们这个时候异口同声地说道："角度。"

大家听了都是忍俊不禁。晓坤也笑着说："是的，并且我刚刚讲的不仅适用于两个事物，也适用于一个事物。举个例子，一个人与一秒钟之前的这个人，从宏观的层面，他们还是同一个人。但是从微观的层面，这个人已经与一秒钟之前的那个人完全不同了。一秒钟，哪怕是无限短的时间，这个人都已经发生了变化，都已经不再是之前的那个人了。所以，一切都有相同有不同，一切都有变化有不变，看你们能否找到相应的角度，看你们能否到达相应的维度，而角度决定维度。"

女儿这时候说道："我的感受是，好像人的本能就是寻找不同，从而去定义，去认识一个事物，这也就导致了一些人很喜欢'杠'。"

"不过我认为，很多人喜欢'杠'，是为了突出自己的与众不同，为了显示自己更聪明，证明自己更有思想，无非虚荣心在作怪，找一种存在感。"晓坤的儿子说道，不过似乎是在说之前不懂事的自己。

"可是如果人们只能看到不同，只会寻找不同，甚至是一味地追求或是寻求不同，那是没有办法将对立统一的。"晓坤的爱人说。

"是的。其实追求差异化没有任何问题，问题在于不能只是追求差异化。一味地追求与众不同，是无法真正理解这个世界的，更不要说去理解这个世界的本质，建立大同世界。人们现在缺少的，就是从一切不同中发现相同。"

接着晓坤又继续问道："那么我再问你们，如果我说这个世界上，一切不变的就是变化，你们说一切是变还是不变呢？"

"一切都既变也不变，而不变的，是变化。"

"那你们现在认为不变与变化矛盾吗？"

"从某个角度来说，不矛盾。"

晓坤大笑，又继续问道："那再问你们，如果我说一切都有变化有不变，又是什么意思呢？"

"这句话和刚刚说的一切既变也不变不是一个意思吗？"

晓坤听了说："是也不是。刚刚说过，这个世界唯一不变的就是变化。那么从变化的角度来说，一切事物每时每刻都在变化，而所有的变化都既是量变也是质变。"

"可是我们之前学的是，量变引起质变啊，难道连量变与质变都能统一？"孩子们有些疑惑，但是这很正常。

"如果不能统一，那不就证明我的理论的是错的嘛。"晓坤说，"其实同样是角度的问题：从纯粹客观的角度，'量'的概念是不存在的，人们忽略了事物之间的不同才会产生所谓的'量'的概念。举个最简单的例子，一个苹果加上另一个苹果等于两个苹果，从苹果的层面，这是正确的。但是这个世界上找不到完全相同的两个苹果，或者再延伸一下，在这个世界上，人们找不到完全相同的两个'1'。因此，人们通常所说的'1'＋'1'＝'2'的问题，其实更多的是'A'＋'B'＝'AB'的问题。当人忽略了事物之间在某一层面的不同，才会有'量'的概念，才会有'1+1=2'的问题。

"另外，正如之前所说，量也是因为'相对'或'对比'而被人认识的，例如，'三'个比'二'个多'一'个。所以，量也不是完全'绝对'的。或者我再举个例子吧，'二'个人组成'一'个家庭，或是'二'滴水合为'一'滴水，那么他们到底是'二'还是'一'？"

两个孩子面面相觑，他们从来没有想过这些。

"所以，'量'也是相对的，也是因为角度而产生的。例如，一个人的出生或者死亡，对人来说，肯定是质变。但是，对于宇宙来说，又能算什么呢？"晓坤说。

这个时候他的儿子问道："你是说数学没有意义吗？"

"当然不是，我丝毫不否认数字和数学的重要性，数字和数学是人生活在这个世界上必不可少的。先说数字好了，数字被用来表示量，但数字其实属于人类语言的范畴，人类的语言不仅包括文字，还包括数字。从某个角度，数字和文字一样，或者可以说是文字的一种。它们都是一种符号，被用来理解和认识这个世界。换个角度，文字中的量词也可以是数字，不准确的数字，用来表示不确定的量，例如，一些，很多……所以，数字与文字之间有相同有不同，有明显的界限，却又相互融合。单纯的文字有它的局限性，单纯的数字也有它的局限性。例如，当我只说一个数字的时候，比如'7'，你们知道我在说什么吗？"

"不知道"。

"是呀，连我自己都不知道。"晓坤笑着说。"因此，这个世界不是由数字构成的。然而另一方面，这个世界是由所有的数字构成的，所以如果想认识这个世界，人们需要所有的数字。每个数字都很特别，每个数字都很重要。例如，'7'很特别，在《圣经》中，上帝创造世界用了 7 天；'24'也很重要，一天有 24 小时……任何一个数字都不可或缺。某些所谓的常数，例如 π，只是偶然与必然成为常数，正如所有的偶然与必然，并且 π 也需要所有的数字才能表示。其实从某种角度来说，所有的数字都是常数。之所以这样讲，是因为总有一些人试图仅仅只用一个完美的数字或是一个完美的公式来解释这个宇宙，这是徒劳的。如果人们一定要找一个可以完美解释这个世界的常数，就只有'1'，或任意一个你们喜欢的数字，表示存在，其他数字在客观世界里没有任何意义。

"但是数字对于人，却有着非凡的意义。一方面，它们除了被用来表示量之外，人们还需要用它们来学习数学。数字，是人类的一种语言，而这种语言的语法，就是数学，例如'1+1=2'，'$3^2+4^2=5^2$'，等等。不过和其他语言不同的是，数字语言的语法不完全是由人定义的。而数学要研究和寻找的，就是这种数字语言在这个世界上的语法。另一方面，一些看不见摸不到的无形事物，例如时间、空间等，也需要通过量来衡量。

"总之，数字不是宇宙的组成，而是由人创造的，用来理解和认识数学以及这个世界。就像人同样创造了文字，而我正在用这些文字以及数字来解释一切。这也是为什么，人类最终都是无法把这个现实世界完全数字化的。"

晓坤顿了一下，看着两个孩子又继续说道："这里又说到了一切，那么我们回到最初的问题，什么是一切？其实'一切'非常复杂，因为一切包含很多表现不同但是本质相同，或者是很多表现相同但本质不同的事物。并且一切都一直在变化，你们要学会'以不变应万变'，当然这很难。但是另一方面，'一切'又很简单，因为'大道至简''万变不离其宗'。所以，一切是万物，而万物可以归一。也因此，万物平等。并且万物归一的同时，万法也同样归一。"

晓坤的爱人听了笑着说："是呀，连量都没有了，那万物可不就归一了嘛，毕竟只剩下'一'了！"

其他人听了，也都哈哈大笑。一家人其乐融融，共享天伦，阖家幸福。

"一切"极其复杂，并且都可以对立，分为开始、结束、事业、爱情、中医、西医、微观、宏观、主观、客观、鸡、鸡蛋、唯物、唯心、物理、化学、哲学、数学、生物学、人、人类……

"一切"又很简单，并且都可以统一，"一切"就是一切。一切万物，万物归一；一切万法，万法归一。"但于一切一切

法，不作有无见，即见法也。"（《金刚经》）

　　是"一切"还是"一"，是"万物"还是"归一"，又或是，"归零"，取决于人，取决于人的角度；而角度，决定人的维度；而维度，决定人的选择。

后记

关于晓坤及其家人的故事，到这里就彻底结束了。必须声明的是，小说中关于他或者他家人的所有事件都是虚构的，人生没有重启，不会重来，请好好珍惜当下。不要因为某些事情而想不开，要善待自己，懂得感恩，不忘初心，开心快乐地生活，并且不要有伤害，不要有战争和毁灭。

人生会面临很多选择，看事情也有很多角度，但是不同的角度与选择也完全是可以统一的。正如前言所讲，读者可以认为书里的故事是连续的，也可以认为是平行的；可以认为是一个人的，也可以认为是不同人的。不仅如此，故事里的很多事情，也都是"仁者见仁，智者见智"的，例如"多重选择"里后晓坤与那个喜欢他的女生到底有没有发生什么？"志同道合"里钱晓坤暗恋的人是不是叶子？还有晓坤的姑姑，那栋高楼，钱晓坤的两个孩子，等等。在这本书里，选择权交给读者，一切取决于读者，就如同大家在自己的生活中也要做出选择一样。不过，无论怎样选择，故事都是可以成立的。而且，以自己为参照物，从自己的角度出发就一定是对的吗？

看世界不是只有一个角度，人也不是只有一个选择。没有任何事物（无论是人还是神又或是其他的什么），规定这个世界只能二选一；也没有任何事物能够规定书中图里的箭头一定

下篇

是向上的；甚至没有任何事物可以规定或确证一个箭头只能指向一个方向。正如书里有很多同样的话、同样的词，但是却同时有两个意思，读者可以慢慢体会。其实对人类来说，这个世界不存在一维的事物，但是人类目前却都在努力希望通过一维层面认识事物，这也是人类之前无法将科学与哲学统一的原因。

关于书中的一些话题讨论，需要强调三点：第一点是"对人而言"，就是我不能脱离人来讨论。脱离对人的意义，这个世界可以以任何方式或者形式存在，毕竟人的想象力是丰富的。第二点是，当我举了一个例子，这个例子与我要想表达的意思也会有相同有不同。第三点是，书中肯定会有错误。我完全不否认本书中存在的错误，我甚至可以证明自己的错误。但是这些都来自角度，并且同样是由读者选择的。正如在安托万·德·圣·埃克苏佩里的《小王子》里，小王子画了一条正在消化大象的蟒蛇，但是有些人看到的却是一顶帽子。也因此，佛曰："不可说、不可说，一说即是错。"

这里举几个本书中的例子好了。"一切皆有可能"，有人把重音放在"一切"上，有人把重音放在"可能"上，那么就会产生两种多少有些不同的理解。又如，当我说"一切"的时候，包括了所有的一切事物，但是又不包括"一切"本身，所以一切既是一切，又不是一切。书中还有一句话是"平衡不是平均"，然而平衡也是平均。还有，鸡与蛋既同时又非同时"诞生"，"万物归一"的"一"既是"一"也是"一切"。以及，书中的箭头，在向上的同时，也向下。其实书中的箭头不只是处于叠加态，准确来说，是混沌态。"凡所有相，皆是虚妄，若见诸相非相，即见如来。"（《金刚经》）

虽然我可以这样想，毕竟这是我的思维方式，但是我不能每次都说，这是"是"，同时也是"不是"。也不能一直强调，这个形容词或名词等是相对不是绝对，或者说既相对又绝对。如果我这样说的话，几乎没人能够理解我在说什么。所以我必须先从某一个角度切入进去。这就像我要画一幅画，那么我一定要先有个落笔点，但是这个点不能代表这一整幅画。

其实这种思维方式一直都给我的生活造成极大的困扰。因为在其他人听起来很简单的一句话，在我看来，却有着很多不同的角度、层面与维度的含义，因为一切简单都很复杂。所以我听别人说话，不完全依靠耳朵，而是通过人心。反之，这同样会使我产生表达问题，导致我想表达的意思经常会被误解、曲解或者被理解得非常片面，以至于我很难与人沟通交流，最终也就变得沉默寡言甚至有些自闭了。但也正是这种思维方式，使我在最想不开的时候，把一切都想开了。再一次，一切都是一把双刃剑。

有人认为我这种思想是形而上学的，也有人认为我的思想是辩证法的。形而上学认为世界的本质是"一"，与辩证法是互相对立的两种宇宙观。然而，我讲的其实是形而上学的辩证法，或者也可以说是辩证法的形而上学。既是"一""一切"，也是"二""对立统一"；既是"形而上学"，又是"辩证法"。因为辩证的双方是一体的，不可分的，如同黑与白、呼与吸、鸡与蛋、电与磁、空间与事物……相生相克，相辅相成，共同存在，共同消失，可分又不可分，是"一"也是"二"，也因此，形而上学与辩证法同样既对立又统一。

矛盾双方必须同时存在，否则双方最终都会消失。这句话非常简单，同时也非常复杂。只有理解这句话为什么简单，同时又为什么复杂的时候，才算真正理解了这句话。一切都可以对立，一切也都可以统一。这其中，不仅包括西方哲学，还有中国古代的各种思想。道家思想最重要的一部分讲的是这个世界是如何形成的，以及其运行规律，正所谓"道生一"以及道法自然等；而佛家主要是希望人们明白世界形成之后，如何认识万物以及万物之间的关系，也就是既是也非、既有非有，以及众生平等、因果循环、善恶有报；而儒家则提倡仁、义、礼、智、信、恕、忠、孝、悌等，讲的是在这样的世界中如何为人处世。所以，这些教派真的无法统一吗？并没有。

其实不只是中国的思想，世界上主要的思想与教派也都不是完全对立的或矛盾的，而是可以统一的，万教都可以归一。因为这些思想和教派都希望人向善，并且也都告诉人们，每个人都是众生之一，不要妄自菲薄，不要自我放弃。同时也告诫人们，人也只是众生之一，不是众生之主，不要妄自尊大，不要为所欲为。

而真正的信仰，也不是信仰里的经书，或信仰里的某个"人"。真正的信仰，是信仰里的智慧。而智慧的意义之一，就在于化解矛盾。不过，有些信仰里，是完全没有什么智慧的，例如金钱与物质、军国主义、霸权主义、自私自利等。因为这些信仰，完全不需要化解矛盾，有些甚至只需要制造矛盾，而制造矛盾，只需要愚蠢。

可能有人还会认为我说的这些就是全部了，然而书中的内容只是冰山一角而已。也就是说，这幅画并没有画完，只画了一点点儿，但是却已经有了初步的轮廓。例如，写这本书的时候我尽量不过多引入"持续变化"以及"易"的思想，更多时候是把一切看作是"死的"来描述，但这样是不够客观的，甚至是错误的，因为一切事物都处于变化之中，不过这是目前人们相对容易接受和理解的。毕竟，要先学会走，才能跑。

　　人如果想真正认识世界，首先要认识自我。但是如果想认识自我，就必须脱离自我。如果你一直是你，你就永远只能认识你眼中的世界，而无论你是谁，你眼中的世界都极其渺小和有限。这也是为什么古人追求"天人合一"。当然，追求和坚持"做自己"也没有任何问题。我并不否认任何人任何事，我只是想帮助大家理解一些事情，仅此而已。任何人，或者说即便全人类从自己的角度去否认，都否认不了任何事物，就像黑夜并不会因为人身在其中看不见，或因为人不喜欢与否定就不存在或者失去存在的意义。其实做自己有做自己的快乐，而天人合一也有天人合一的烦恼，天人合一不是为了摆脱烦恼。而且即便天人合一，人也还是人，不是成为天，也成不了天。无论是天人合一还是做自己，其实都很难，但也都很容易。最难的，是既做自己，同时又天人合一；既不能无我，也不能自我。

　　至此，我已经把我目前想画的都画完了，我不想也完全不可能真的把一切写在书里，毕竟宇宙那么大。而且，大道无形。无论文字也好、图画也好，都是有形的，有形的事物可以被看到、被理解，但是，也会受到形的限制。"意之所随者，不可以言传也。"（庄子《天道》）

　　我也完全能够理解大家看完这本书的感受，就是好像什么都说了，但是好像又什么都没说；好像很复杂，但是好像又很简单；好像有那么一点儿道理，但是好像又有些反常识。

下篇

不过这些争议，或者是否相信我，对我来说一点儿都不重要，我写这本书的初衷也不是回答什么问题，不是讨论是非对错，我又不是法律法规，判断不了是非对错，我更不想与任何人进行辩论或者证明自己，没兴趣也没必要。该懂的人自然会懂，看不懂的人基本也是不需要懂的。这个世界上，总会有人一点就通，也总会有人固执己见，总会有人说好，也总会有人说不好。毕竟，每个人思考事物的角度不同，认知领域不同，认知能力不同，认知上限不同。更何况，我也只是个普通的平凡人，和所有人都一样。并且即便我没有写这本书，以后也还会有其他人来写这些内容，这是必然的。而我，只不过是个偶然。所以，从这个角度来说，这本书其实与我无关。

希望人们也能够跳出自我，打破原本的认知，从一个全新的角度来看这个世界，并从中获得一些启示，人生观也好，世界观也好，又或者价值观也罢。希望人可以选择信仰智慧与文明，懂得尊重所有的不同，少一些自私自利，多一些感恩，珍惜自己所拥有的，有选择地追求自己想要的；希望人可以选择善待自己、善待生命、善待周围的一切；希望人在可以生存的前提下，选择对任何生命都不要有虐待，不要有伤害，不要有恐袭，不要有屠杀，不要有战争，更不要有毁灭；希望人可以选择形成人类命运共同体；希望人可以对任何事物都多角度地去看待，从而达到更高的维度，成为更高等的文明。

尽管可能需要几代人的努力，但是这个世界，最终还是可以成为一个更好的世界，而不是像本书"前言"的第一句所说："近几年，灾难频发，极端或奇特天气频现，核战争的可能性在增加，国际整体经济也有大萧条的趋势。"